梅花弄3号

MEI HUA LONG 3 HAO

沈烈文 著

中国广播影视出版社

诗意而美丽的固守（代序）

安　勇

大约2005年前后，我在一个小小说网站上认识了沈烈文——当然了，那时候我还不知道她的本名，只知道她的网名红掌，客观地讲，我所谓的认识并不彻底，我也不知道红掌这个网名背后究竟有什么含义。每次看到她的头像亮起来，我就会在心里默念那句古诗：白毛浮绿水，红掌拨清波。有一天，我板不住问了她红掌这个网名的来历，这才知道原来和鹅无关，而是一种美丽的植物。她随后发来一张图片，上面的红掌生着淡黄色的柱状花蕊，红色的巴掌形花瓣，再加上碧绿苍翠的叶子，显得分外娇艳动人。

从那时起，我们的交流渐渐多了起来。我知道了她的本名叫沈烈文，一个有点像男孩的名字。我还知道了她在一家企业里做财务工作，平时记账算账，读书写作的时间很有限。但她始终没有放弃对文学的爱好，她用作头像的那株美丽红掌就像一把伞，一直在数字的阳光里为文字撑出一片绿荫。给我的感觉，文学于她而言更像是一座后花园，一块为自己保留的净土，一方收藏起来的明亮天空。让她能够在庸常琐碎一地鸡毛的包围中找到出口，得以享受属于自己的那份宁静和孤独。这种不含半点功利性的爱好，令人由衷地生出一分敬意。

有一天，烈文发了一篇新作给我，让我提提意见。我读了感觉文字从容淡定，有一种诗意的坚持在里面，就推荐给一位熟识的编辑。有些遗憾的是，那位编辑觉得有些散文化，情节略淡了些，最终没有送审。在那以后，我不再写小小说，论坛也很少上了，但我们之间的交流却一直持续了下来。

半个月前，烈文忽然对我说，打算出一本小小说集，让我写一篇序，随后发来了《梅花弄3号》的书稿。这是我第一次完整系统地读她的小小说。我没有想到，十几年里她不懈的努力不仅有了一定的作品数量，而且质量也比较整齐，当初她小说里那种诗意的坚持仍然存在，并已颇具规模，形成了一道固守的风景。

以我浅见，她的小小说大致可以分成以下四类。

一是市井人物类。《将军》里贴地砖的将军，《蜗居之牛》里城市外来者麦子，《蒋云南》里用了丈夫名字开酒馆的茶香，《那年那月那日》里因为打柴意外丧命的朱老七，《路灯》里从个人悲伤走出来为别人点灯的白老三，《再见疯子》里讨了二十几年饭的叫化子，《另一种生活》里酒不离身的老光棍鬼子。这类作品写的都是身处底层的小人物，他们身份卑微，经济状况不佳，但却往往活得自我而坚强，让人读过后久久难忘。

二是爱情婚姻类。从一个贫苦男子视角揭开一个有钱却无爱的守寡女人生活面纱的《与周莹相遇》，对一只独木舟的爱情进行想象的《八千年的等待》，因为遭遇不幸而失去爱情信心的《二十一点之后的面包》，剪刀里暗藏着一段隐秘爱情的《寻找朱吾彦》，讲述守寡一生却儿孙满堂外太婆故事的《许婵娟》，《渴》里年已奔四麻烦不断的女人"我"和可可，《人间天堂》里因为一曲《高山流水》而错失爱情的"我"和刘水儿，《找我有事吗》里因为丈夫孩子家务琐事渐渐忘记自己的"你"和"小麻雀"。这类作品数量最多，可以划入的还有《高山流水》《丢失的烟头》《唐古拉的秘密》《你是我最美的新娘》《嫁衣》《什么时候用得上蜡烛》《叫一声赵小舟》《梅花弄3号》《花盆里的葱》《阳光转了一个弯》《夏了夏天》。

在烈文的笔下，爱情往往纯真而美好，而婚姻更多的则是琐碎而现实，这就像花盆里的花变成了葱，但她没有厚此薄彼，而是把两者看作是情感世界里两个不同的阶段，是人生中不可或缺的有机组成。这种成熟的婚恋观，让她的此类作品既有云中漫步的纯美之爱，也有脚踏实地的坚实基础，并且，具备了一种悖论式的思辨意味。我们看到，《单曲循环》里每个家庭都有各自的幸福，也有各自的忧伤，生活就像单曲循环，在不断重复中向前缓行。在《阳光转了一个弯》里曾经像两只刺猬一样互相伤害的夫妻，终于找到了理想的相处模式。在《叫一声赵小舟》里，尽管夫妻间的小磕碰不断，"我"的生日和感受也被忽略，但西窗上的兰花却悄然开放，"我扶起一朵兰花，看着它的花朵儿，看着看着，发现兰花多像一个人的一张脸，一张笑脸，他们看着我笑呢。"如果总结一下烈文笔下的婚姻生活，《夏了夏天》里李小梅引用的一句电影台词，或许就是最好的注脚："无论你身处何方，我们生命中最重要的东西就是这屋檐下的人。"

三是童年青春类。描写两小无猜纯真情谊的《新掘湾》，饱含童真童趣的《陶小明的桃林》，记录似有若无朦胧恋情的

《致青春》，一位好老师改变一个顽劣少年命运的《我的同学叶雪城》，此类作品还有《你好，多头》《交情》等。

这类作品往往采用儿童视角，以回忆的方式进行叙述，给人一种身临其境的真实感觉。但烈文笔下的童年故事往往没有局限停留在过去时，而是继续向前延伸，进入到现在时，小说里的主角因为时代变迁时位移人形成了反差和对比，从而达到一种独特的艺术效果。《陶小明的桃林》里成年陶小明变成了大富翁，准备回乡兴建工业项目，而"我"则成了城建局局长，留下我们共同回忆的桃林因为盲目建设早已经不见踪影，而"我"和陶小明这对儿时朋友，却又形成了另一种合作关系。烈文还在作品里将儿童和成人并置，让他们面对同一件事，形成一种对比。《交情》里两个孩子之间的摩擦很快过去，手拉手和好如初，但两个大人却都在心底留下了龃龉。

四是现代人生存状态类。在烈文笔下，都市人的心理普遍呈现为一种病态或者说亚健康状态，《人人都是高血压》里因为"不良心理因素导致高血压"的王盒子，《画眉》里空虚无聊靠和男同事调情打发时光的女职员画眉，《田小甜的谎言》里惯于撒谎的田小甜。《仙人球》用富于象征意义的多刺植物，暗示出了机关职场中紧张的人际关系，《陪聊》也从不同的切口揭开了现代人病态心理的一角面纱。通过阅读烈文的作品，我们可以看得出来，作为一个身处职场里的人，她对自身处境和生存意义有一种由内及外从自我到他者的剖析和思考，并运用象征、暗示等各种艺术手法用小说的形式表现了出来。

　　读完全部书稿，我有一种强烈的感受，不论是哪一类作品，都能读出烈文注入其中的诗意而美丽的固守。她坚守着心底的纯真和善念，坚持着道德的底线和良知，坚信人与人之间的爱和关心。正是因为有了这份诗意而美丽的固守，于是，我们看到了《吐出来的事实》里的"我"因为说了假话而惴惴不安，《海鳗》里富起来的于青青心底依然保有善良和慈悲，委婉地把海鳗送给住在车库里的贫困夫妻。《致青春》里"上课睡觉，下课看看武打书"虚度光阴的阔少爷何小强却为保护同桌的"我"与别的男生动起拳脚，《丢失的烟头》里"我"和"雪狐"虽然受过伤害，但依然能够通过网络彼此关心相互取暖，《唐古拉的秘密》里"我"和"唐古拉"即使家庭不幸但心底却充满阳光通过满分试卷鼓励对方，《你好，多头》里小男孩多头因为老师让他看的一棵长瘿松树而获得了新生的力量，《解结》里莲子用善良和智慧解开了丈夫阿猪和大狗之间的死结。这份美丽而诗意的固守，甚至会让读者忘记对传统道德观念的质疑，而感动于《嫁衣》里奶奶木子对早逝丈夫的忠贞不渝。即使是《再见疯子》里乞讨为生的流浪汉，也会给孩子剩下买糖的钱。固守还会带来希望，《梅花弄3号》我们看到，那个为情所伤的女人阁楼上开满了各式各样的花，《肋骨》里的父亲不顾自己的病痛努力为家人支撑起一片晴朗的天空。《爱的种子》里年迈的母亲撒播下爱的种子，让周围人感受到了爱的温暖。

　　写这篇序言时，我特意百度了一下红掌这种植物，原来它还有好多其他的名字，花烛、安祖花、火鹤花、红鹅掌，但是我还是觉得红掌最为贴切。红掌的花语是大展宏图、热情、热血。从某种角度上说,这和烈文作品里的诗意和固守有着奇特的相通之处,我猜测,这也许就是她喜欢红掌的原因之一吧。在这篇文字结束之时,我也祝愿烈文如红掌的花语一般,大展宏图、热情、热血,拥有属于自己的美好未来。

安勇,中国作协会员,辽宁文学院签约作家。一级作家。

梅花弄3号

目　录

第二季　夏早日初长

第三季　绿肥红瘦

第四季　冬无雪

梅花弄3号

第五季　春夏秋冬又一春

花落 知 多少

吐出来的事实

　　我担惊受怕，预感到有什么天大的事要发生了。

　　孩子们说，大人们喜欢说假话。我说了假话，我就是大人了。我不想做大人。我喜欢别人摸着我的头，说我像个孩子。长大了，我就不能跟小我很多年龄的孩子们打成一片。这让我非常难受。我曾经跟很多孩子成了忘年交，我把他们的秘密藏在心底深处，偶尔偷偷地拿出来，回忆一下美好的片段。我从来不愿意出售他们的秘密，认为那些都是世界上最珍贵的财富——孩子的天真与活泼。跟他们相处久了，我感觉自己也变得天真活泼了。这样的日子过了很多年，我时刻在逃避一个叫假话的小妖精，它就像一个妖精似的缠着我，靠着孩子们美好的往事，我一次又一次摆脱它的魔掌。我不知道孙大圣最终还是逃不出如来佛的手掌心儿。我落入了它早已设下的圈套。

　　我告别了孩子们，独自一个人漫无目的地走着。后来，来到一片空旷的荒野。那儿除了生机勃勃的野草和几只小麻雀偶尔叫几声外，什么也没有。当我踏入草丛时，小麻雀惊飞了。我拔了两根狗尾巴草，做成一架"小提琴"。坐在草地上，一边拉，一边"依依呀呀"地唱着。又有几只小麻雀惊叫着，掠过我的头顶，飞远了。夕阳西下，"小提琴"散架了，重新收拾起狗尾巴草，已没有再唱下去的兴趣。烦恼如洪水猛兽一下子接踵而至。我犯下了不可饶恕的罪孽。那是我降生时向上天许下的诺言。我小心翼翼地面对着这个世界。听着一个事实被一个熟悉的人颠覆成另一个事实，熟悉的人无动于衷，而我红着脸，羞愧得无地自容。他怎么能这样说！他怎么能这样？千万次地问，千万次地逃。我把这样的事藏在心底的最深处,学会了遗忘,在肚子里烂掉。孩子们第一天吵嘴打架,第二天欢天喜地在一起玩男婚女嫁。我以为,在我身上烂掉的事实,在别人的身上,也会烂掉。我千错万错,它们生根发芽,枝繁叶茂了。

讲了假话之后,我整日担惊受怕。有一个人,听了我的假话,丢了性命。我想事情终于发生了。

这一天来得真快。我被推上了断头台。孩子们在台下哭哭啼啼。一个胆大的孩子指着我对法官说,他不能死。法官亲切地问他多大了,孩子说刚满八岁。法官拉住他的手说,可爱的孩子,你还小,法官是不会相信小孩子的话的。快回到妈妈的身边去。孩子不肯离开,更多的孩子聚集到法官的身边,请求法官放了我。法官不得不下令,让卫士把孩子转移到大人们中间。大人们吵吵嚷嚷,责怪自己的孩子不懂事。那个胆大孩子的母亲还在她孩子的屁股上狠狠地揍了几下,痛得孩子哇哇大哭。孩子的哭声扰得我无比伤心。法官开始宣判。宣判的结果使我目瞪口呆。这莫须有的罪名发生到我的身上?我一会儿仰天大笑,一会儿痛哭流涕。那些不是事实的事实,早就在我的肚子里烂掉了。突然,我清醒过来,不能不明不白地死了。我对法官说,我知道事实。法官笑了。法官说,好,你终于开口说话了。我请求法官拿来一双筷子,我用筷子搅拌自己的喉咙。我的胃翻江倒海,很多东西源源不断地往外涌。我吐了一个脸盆,里面有世界上最珍贵的财富,还有比财富多几千几万倍的不是事实的事实。我很奇怪,它们还没有烂到面目全非,一个一个,整齐地排列着。我不知道该高兴还是该悲哀。

梅花弄3号

大人们看到我吐出来的事实，不以为然。这么点小事，不值得大惊小怪。这个人可真幼稚呀。法官头也不回地走了。原来我吐出来的都是他们的日常行为。那一个叫"假话"的鲜活的词领头跳着舞，我一伸手，它就跳到我的手掌上，向我鞠了个躬。

我无罪释放。孩子们破涕为笑。我们围成一个圈，玩起了丢手帕的游戏。

与周莹相遇

遇见周莹是在九月十五的那天晚上。那个吴家东院的少奶奶周莹是陕西富可敌国的大商人，而我喜欢钱。

月亮升起来。我爬上围墙，像猫一样，借着一棵酸枣树，一跃而过。周莹正坐在院子里，好像在等待着我的到来。我假装若无其事，拍拍身上的灰，想着如何逃跑。院子里有一棵酸枣树，一座凉亭，还有一个小池塘，塘里有鱼在游，不见荷花。我还是想从酸枣树那儿离开。这时，周莹叫住了我。第一次做贼的滋味不好受。我想，算了，大不了挨顿打。

月亮升得老高了。我走上前，周莹没看我。她坐在石阶上。深秋无风，石阶既硬又凉。周莹穿得极少，我把外套脱了，盖在她的身上。周莹低下望着月亮的眼瞧着我，泪水在眼眶里打转。我不知所措，连声道歉。那颗泪珠打湿了我的手心。

七月过了是八月，八月过了是九月，下个月的月亮还会这么圆吗？吴聘。周莹喃喃自语。

吴聘是周莹的丈夫。周莹怀孕时，害喜，想吃酸。吴聘爱妻，爬到酸枣树上，结果从树上掉下来，旧疾新伤，祸不单行，没几天便撒手人寰。周莹成了寡妇。

我以为，周莹那么有钱，应该过得很开心。钱多，什么东西不可以找，包括人。周莹还这么年轻，找个男人嫁了或不嫁都是很容易的事。

我说，少奶奶，别伤心。人死不能复生，想开点。回忆伤心事，会伤人的心，以前的事就让它过去吧。你看看我，一天到晚只想着怎么填饱肚子，想着以后的日子怎么过。

周莹还在望着月亮，生怕月亮逃走似的。她没理我。我想我还是走吧。

我起身欲走，周莹叫了一声，星移。

我不是星移。

星移，你又来了。自从吴聘离开我，我的心已随他去了。可是，你为什么要来，为什么待我如此好，这辈子我欠你的，只有下辈子还你。记得第一次在你家见着你时，你就是一个游手好闲的人，还拈花惹草。我瞧不起你。后来，我逃出你家，嫁给了吴聘。吴家有难，你来帮，我被人陷害，你来帮，有什么大难临头的事，你都帮我。你为何纠缠不休呢？你从那棵酸枣树上翻墙入院来找我，管家早就发现了。管家上次劝我把院子里的树给砍了，我没同意。我也不知道为什么没同意。我记得你已经不在了，离开我了，从此再也没有星移。

听着周莹的话，想不到还有这么一出戏。怪不得大家都在传，周莹偷汉子养男人。可是，为何，我觉得心里跟这个夜晚一样，有一点凉。

周莹突然站起来，问我，你是谁？

我结巴着说不出话来，周莹大声叫着下人。一眨眼，我就被人绑着跪在周莹的脚下。

没有其他办法，我只能如实相告。

家中本来还有点积蓄，随着三个孩子的降临，日子过得有点紧巴巴。妻现在又怀上了。一天到晚吵着想吃酸，听说少奶奶院子有棵很大的酸枣树已长到围墙外，我就想着来摘点。没想到，围墙外的酸枣早让人摘完了，连墙里面靠墙的地方也都摘得所剩无几。少奶奶，相信我，虽然我很爱钱，但我决不会偷钱，我只是想摘几颗院子里酸枣，给妻解解馋，仅此而矣。真的。我如果另有所图，也不会选这么个晚上，你看看,月亮这么圆,这么亮。

　　周莹听完我的话,转身走了。快走到房门口时,传来一句话,给他十两银子,把他放了,从哪儿来,回哪儿去。

　　拿着十两银子,我放声大笑。妻子狠狠地踢了一脚,惊醒梦中的我。窗外的月光很亮,拉上窗帘,黑暗包围了整个房间。我倒在床上,再一次翻上围墙,像猫一样,借着一棵酸枣树,一跃而过。

梅花弄3号

八千年的等待

　　从古老的梦中醒来。我是谁？一个声音传来，你是沉睡了八千年的独木舟，是迄今为止世界上最古老的独木舟。

　　我从哪儿来？你的前身是一棵树，一棵经历了几十年风霜雨雪的马尾松。

　　记忆如春天的雨，时断时续。

　　好久好久以前，我是一棵马尾松。兄弟姐妹，草木鱼虫。年轮转了一圈又一圈，快乐越转越远，孤单越转越近。风吹日晒，历经沧桑，我依然矗立在那儿。

　　太阳照常升起。天鹅从头顶飞过，梅花鹿出来觅食，水牛懒洋洋地打了几个嗝。一个男人起身，背上弓，眼珠子滴溜溜地转了几圈。一个女人靠着我，还在睡梦中。离我没多远，就是一个浅滩，一大片菱角叶子绿油油地亮着。男人跑过去，抓起一把，摘下几颗菱角，连皮带肉地吃了一通，再挑了几颗大的，跑回来放在女人身边。男人又快速地爬上了一棵栎树，橡子粒粒饱满，有松鼠跳过来跟他抢食。

　　男人站在栎树上，拉弦开弓，"嗖"地一声，便听见野猪嚎叫乱窜，轰然倒地。男人像猴子一样滑下树，像鸟一样飞到野猪旁，拖着猪腿回到我的脚下。女人被猪的叫声吵醒。

　　烤野猪的香味馋得我流下了口水。野鸭、大雕、麋鹿、灰鹤，连乌龟都爬上岸来。他们闻香而来，却成了人们的腹中之物。

　　男人用吃剩下的牛骨、鹿骨还有石头做了各式各样的工具。他还用灰鹤的腿骨做了一个骨哨，送给女人。女人放在嘴边，轻轻地吹了几下，咧嘴一笑。我承认，那是世界上最美妙的画面。那个声音，打乱了林子里几十年波澜不惊的生活，我拍手称快，沙沙作响。

女人的骨哨声成了我每天的等待。来时，惊喜交集；去后，六神无主。这样的日子，是苦是甜，谁也说不清。我想，我是不是要疯了？

那一天黄昏，女人吹着骨哨，台风像个忌妒鬼一样呼啸而来。

她抓着我，呼叫着男人的名字，救我，救我！

我不能失去她，拼了命地保护她，几十年的功力全使出来，我一定要救她。你见过大树和台风打架吗？我相信这是最惨烈的战斗。连根拔起！台风把我挟持到大河里。

等我醒过来，已漂浮在水面上，浑身疼痛不已。好多人抓住我得救了。他们把我拖到岸上，惊奇地看着我一分为二的身体，是闪电惹的祸。

连老天爷也来惩罚我。一棵树是没有权力去爱的，可我爱了，又当如何？

女人蹲在河边，倒影里，骨哨又见。

大劫之后，男人当上了头领。他突发奇想，说要给我改头换面。

他们在我身上涂涂画画，又用湿泥裹着我，还用火烧我烤我。我在火中煎熬，一寸一寸，体无完肤，我的心成了焦炭，他们用石锛将焦炭层剜除，我想这是不是在给我刮骨疗伤，等伤口慢慢好了，他们还用砺石打磨我。经过无数次的切磋琢磨，我奇形怪状，面目全非。

我是谁？我是谁！

他们叫我独木舟。

女人喜欢坐在舟上,吹着骨哨。我悲喜交加,带着他们出门远行,到日头见不到的时候又回到原来的地方。日子里,美妙的时光特别短,像流星一样,一眨眼,说溜就溜走了。

一场大规模的海侵,催老了时光,吹散了我的爱情。世上最坚贞不屈的爱情也敌不过自然界的来去匆匆。

我们葬身湖底。不见天日的时光,难道真的遥遥无期?

多么漫长的等待呵——八千年。

是谁在歌唱?那美妙的声音!还是当年那个吹着骨哨的人儿吗?

天更宽,水更绿。我在跨湖桥博物馆等你,那条等待了八千年的独木舟会一直等下去,一直等到天荒地老。

后记:2002年在萧山区发掘出土的独木舟及相关遗迹,经碳十四测定,距今近8000年,属新石器时代中期,独木舟采用火焦法制作,是迄今为止世界仅存的年代最久远的独木舟。舟体残长5.6米,舟头宽29厘米,舟体最大深度15厘米。这一重要发现,不仅将浙江的文明史从河姆渡文化的迄今7000年,推进了1000年,更证明了长江流域是中华文明的发源地之一,而且使我国成为拥有世界上最古老独木舟的古船文明国家之一,对研究人类交通史具有重要价值。

钻孔

田小育今天很高兴。为啥呢？赚了钱呗。像田小育这样背井离乡，孤独无靠流浪在城市里的外乡人能赚几个钱那还不是乐事一桩？

田小育这天接了个大客户，赚了三百块钱。

田小育是钻孔的。啥叫钻孔呢？钻孔就是用钻头在实体材料上加工出孔的操作，是个技术活，也是力气活。田小育长得瘦小，一天工作下来，钱倒没赚几个，好几次都累倒在床上，起都不想起来。

田小育想起自己刚开始干的时候周边除了帮教他的马师傅，几乎找不到别人。他刚到城市的第一个工作是捡废品。二手市场买了辆三轮车，走街串巷，经常在墙壁上看到用墨水笔写的广告：钻孔找马师傅，下面是手机号码。走来走去走得多了，田小育认识了马师傅。马师傅长得壮实，爽快地拉起田小育，说去夜宵摊喝两口。喝到最后，马师傅就收了田小育做徒弟，教他钻孔。田小育那天醉醺醺回到家，拉着妻子呵呵直笑，他醉眼迷离地跟妻子说，马师傅为何收我做徒弟？马师傅说，同是天涯沦落人，相逢何必曾相识。

田小育跟着马师傅干了半年。手脚勤快的田小育很快上手了。马师傅说，可以自立门户了。田小育请马师傅到夜宵摊喝了个痛快，含着泪说，如果自立门户，绝不抢师傅的生意，我去隔壁县谋生吧。有了技术，一口饭总能吃上。马师傅点头同意，一脸欣慰。

这社会，你有能耐，别人不知道，照样没法子。钻孔这活是冷僻活，想钻孔的人家找不着钻孔师傅；而刚到新城市的田小育人生地不熟，也找不着想钻孔的人家。

　　这天好不容易接了一趟活,兜里揣着三张大票的田小育从十五楼电梯往下乘的时候,在电梯里发现了一个秘密。这个楼盘的住户刚开始装修,电梯里面还用三夹板保护着,在板上面订了三块广告牌。一块广告牌上一个美女露着大腿,田小育忍不住多看了几眼。广告牌旁边,有很多手工广告,像孩子的涂鸦。其中有三条是钻孔的。田小育灵光一现,脑洞大开。他翻出刚买的油画棒,歪歪扭扭地在板上写了钻孔和自己的电话号码。他对自己的这个发现惊喜万分。

　　田小育跟妻子说过,家里田地多。到了城里,田地上都建了房子,密密麻麻的。还是家里好。现在田小育又跟妻子说,还是城里好,城里房子多,房子里有钱赚。不出半年,他跑遍了城里大大小小的新开楼盘,油画棒买了五六次。电话应接不暇,生意源源不断。他在废品回收站挑了五个同乡人一起干,又开辟了一个新项目:疏通管道。

　　现在,田小育已不用干活。他租了一个门面,做了老板。每天接接电话,安排安排工作,不定期地去巡视一下他的广告。他写钻孔两字已经非常娴熟,有点龙飞凤舞的味道。

　　过完年,马师傅来了,他是来看田小育刚买的新房子。电梯徐徐上升。马师傅在电梯的保护板上先看到了钻孔和田小育的电话。他想,这个孩子生意都做到自己家门口了,有前途。转眼又看到了一个钻孔和一个电话。那个电话的第5个数字和第9第10个数字都是凹下去的坑,明显是用锐器挖去的。一个残缺不全的电话是打不通的。马师傅一下子就明白了。

　　手机响,田小育的。马师傅说,家里有点事,小事,不来了。马师傅迅速下楼,他要赶上末班车,回家。

一头猪和十四只鸡

　　走吧。整天窝在家里，又孵不出小鸡来。你说你，这么好的工作，别人求都求不来，你说不干就不干。当初，为了这个工作，我求爷爷告奶奶才得来，你倒好，大大方方地走人。这么大的单位，几千号人，就你，有能耐？别人怎么不说？别人又不是傻子。他们都眼睁睁地看着呢，看着你往火坑里跳。这下好了，满意了？你知道单位里的人事有多复杂，小九是谁？梁山好汉。你跟他斗，斗得过吗？我知道，这件事情是他做错。可你去告什么状呢？现在又没有包大人为你伸冤。啥？这个社会没有公平？公平！你仔细想想，算上这次，已经第三次失业。四十好几的人，怎么还是本性难移？我想我是愚公的话，你这座大山也该动一动了吧。

　　快点。赵总和张姐已经在楼下。赵总刚开了家超市，我跟张姐商量着，让你到那儿去做一段时间看看。怎么？你不乐意？去超市试试看，我已经跟赵总也说过，赵总说一个堂堂的本科生，去超市做售货员，是屈才了。我说，北大才子还买猪肉呢，正常的。赵总答应这次旅行回来你就去超市上班。赵总多好的人，张姐跟了他，真是福气。你说什么？让我跟赵总，你还有没有良心？这种话都说得出口。我先下去，你赶紧穿好，就是那套，上次买的，五千多的那套，总要有个人样。赶紧下来。

　　赵总，张姐。不好意思，让你们久等。张姐，你今天穿得真漂亮，这衣服，哪儿买的？很贵吧？不贵？一定贵的。好几千吧？你这耳环也挺好看的，祖母绿吧？很配你的头发。这头发哪儿弄的？现在流行短发，干净利落，看上去真美。赵总，难为情，我家的就是动作慢，但人挺好的，就是做人太直，

不会讨人欢喜。看不惯的事熬不牢，一定要说出来。一说出来，就得罪人。他经常在我面前说你人好，大气。真是要谢谢你。一会儿让他开车。现在这个点出发，五点多到那儿，刚好吃晚饭。不客气的，这样说就见外了嘛。我们是朋友。

他的事是这样的。他们小组一共三个人，组装文具盒。头天晚上，有两个检验不合格，准备第二天退到仓库，重新做一下。可到了第二天下午，他去上班，那两个文具盒不见了。他就去跟车间主任说，文具盒被那两个同事拿回家了。两位同事当然说没拿，车间主任也没有深究。从此，他被孤立。车间主任也找他的碴。干不好事，他就辞职。他就是这么爱管闲事。赵总，张姐，到了，我们到了。房间已经安排好。先去房间吧。

就一个晚上，你就整出三个洞来？昨晚上一共喝了几瓶？五瓶！你们是醉了，本以为你们在房间不会有事，我就去陪张姐说了一会儿话，就半个小时。什么？不止？一个小时？你都喝醉了，还记得时间？什么？你们抽了一包烟？老天，地毯上只有三个洞，谢天谢地。我问了前台，一个洞三百块。哎，九百块又这样没了。你再找找看，别的地方有没有洞？

跟你说什么好呢。这么大的洞，怎么办？你就不想想，他们或许让我们赔整张地毯。也只有你想得出来，三个洞烫成一个大洞。你自己去跟前台说吧。说一个洞三百，没有说洞的大小，现在我们就是一个洞。赵总，张姐，你们来了。你们倒说说看，他这个人，要说聪明也是聪明，可这怎么说呢？

张姐，你问我怎么会嫁给他？想当初，看上我的人还真多,比他长得帅,比他活络的也有好几十个。如果不是他家条件好,我才不会嫁给他。想当年,上门提亲的人,很多都只有一只鸡,一块肉。他托人来提亲,是牵着一头猪和赶着十四鸡来的。不是我嫌贫爱富,那时候,能吃上一块肉,有一点油星子,是很有福气的事情。想想我这半辈子,被一头猪和十四只鸡给骗了。

这个赵钱孙,说话不算数。以后生了儿子没屁眼,我呸!我们堂堂一个本科生,才不稀罕做售货员。给他脸,他以为自己是什么。明天我再去找找仇总。

这么晚,是谁啊?赵总!您怎么来了?欢迎欢迎,快,快进屋。

梅花弄3号

新掘湾

做我的新娘吧。桑桑哥的眼睛亮晶晶,会说话。

陛下庙旁边有一棵大樟树,大樟树的腰好粗,桑桑哥和我拉住手都没能把它抱住。抽了手,挑起扁担。我说,桑桑哥,我们快走吧。

走过一座石桥,有一口水井。夏天的午后,我们一起来挑井水。井里的水真甜。大人们说,这口井的水可以直接喝,新掘湾的水不能喝,只能用来淘米,洗衣服,游游泳。

我的身子小,桶又大,挑半桶水还勉强。快到家时,桑桑哥把他的水倒入我的桶里,我的半桶水马上满了。他挑着自己剩下的半桶水飞快地走了。一桶水挑进家门,肩上磨出了红色的印子。奶奶看了说,这小丫头,人小,力气倒大。

新掘湾的水也可以喝哩。湾里有很多鱼虾,他们可以喝的水,我们一定也可以喝。湾边种着南瓜,架子搭到河上,一个个南瓜挂下来,一群鱼在南瓜架下吐着泡泡,商量着怎么样才能让南瓜掉下来。等南瓜涨红了脸,没有人摘,它真的掉入了水里,小鱼小虾吓了一跳,逃走了。过一会儿,他们又慢慢地靠拢,围着南瓜悄悄地说着我听不懂的话。螺蛳见了,爬上去,想咬上一口,咬不动,只能无奈地回到石头上。石头上有很多的青苔,绿绿的,滑滑的青苔。奶奶说,有青苔的石头别去踩。

新掘湾是一条大河。奶奶说,二十多年前,你父亲像你这般大时,我们挑了这条湾,旁边的河都小,所以这个新挖掘的河叫新掘湾,它永远都是新的。奶奶说这话的时候特别自豪。我家就在湾边,推开后门,湾上发生的事情一目了然。

挑满水缸,桑桑哥会去新掘湾钓鱼。

我向往高高挂在天花板上的饭篮，更确切地说，向往饭篮里的剩饭。拿把椅子当垫脚，再垫起脚尖，饭篮一举便拿下，抓一把剩饭，背上一只空竹篮，趁着奶奶打盹的时候，偷偷溜出去，去湾里抓鱼。还有，还有就是看桑桑哥钓鱼，或者他帮我抓鱼。

竹篮慢慢地沉入水中，等水平静，等小鱼在周围没有防备的时候，扔几粒米饭下去。水波一圈一圈荡漾开来，小鱼闻到饭粒的香，马上游过来争着抢食。迅速拎起竹篮，小鱼一网打尽，有时候还有小虾。大一点的白条贼精，很少抓得到。很多时候，我都会放了他们。看他们回到河里，自由自在地游来游去，我就很开心。

桑桑哥钓的最多是鲫鱼，有时候有鲤鱼。

我不敢要桑桑哥的鱼，怕被奶奶知道，让她伤心。在新掘湾边，很多次听到大人们说，桑桑的父亲与我的母亲逃走了，被人抓住，坐了牢。母亲去了很远的地方。而我的父亲，受不了打击，上吊自杀了。奶奶恨桑桑的父亲，恨着恨着，又恨起了桑桑的母亲，又恨起了桑桑哥。村里上了年纪的人，见我挑着满满的一桶水，唉声叹气，作孽啊，真是一个可怜的孩子。我成了只有奶奶要的孩子。现在，还有桑桑哥可以跟我玩，还有新掘湾，还有那甜甜的井水。奶奶从来不跟我说这些，我也没去问奶奶，父母亲去了哪儿。我想，总有一天，奶奶会告诉我的。

络麻抽出麻杆后要泡在水里腐烂过后再捞起来洗净晒干，运到麻绳厂卖掉才能换几个钱。络麻泡过的河水很黑很臭。桑桑哥不钓鱼了，他拿个网兜，随便一网，就有很多的鱼。水太脏，鱼在水里透不过气来，只能浮在水上。两边的桥

梅花弄3号

洞里筑起围墙,村里的干部找来抽水机,抽干水,河里的鱼虾成了大人们争夺的对象。奶奶和我不吃这样的鱼。

方千娄的水闸一开,河水又变得清澈明亮了,鱼虾又会一下子多起来。

夏天的新掘湾是属于我们的。

太阳挂着山头时,新掘湾就开始热闹起来。我蹲在岸埠头,看男孩子们在水里做各式各样的动作,看女孩子们贴紧的上衣,胸前圆鼓鼓的,他们在一起打闹。桑桑哥经常叫着我的名字,叫得我心里痒痒的,真想跳到水中跟他们一起玩。桑桑哥是个游泳好手,扎猛子有一套。一个猛子下去,从岸的这头,一口气潜到那头,不含糊。我胆子很小,学了几年,没学会。

太阳下山时,桑桑哥的母亲拿着一根长竹竿跑到河边来,她在一个个人头中寻到桑桑哥,一竹竿下去,桑桑哥早没入了水中。桑桑哥凫水而逃,他的母亲在后面打着竹竿追,嘴上还不停地骂,小畜生,就晓得在水里鬼混,不晓得家里做做饭,洗洗衣服。

我大声呼喊,桑桑哥,快跑!快跑!桑桑哥!

桑桑哥的母亲很凶。我有些怕她。桑桑哥有一次挑水回家,看见他的母亲与一个村子里的干部在厨房的柴堆里推来推去。桑桑哥告诉我时,我便问他,是不是你爸爸不在了,有人欺负你妈?桑桑哥吐了一口口水,说,不晓得。

太阳还跟前几天一样,下了山。不知道什么原因,新掘湾开过很多条船,一条一条连在一起,船里装满了黄沙,船舷跟水面一样平。小伙伴们从水里爬上船,再从船上跳到水里,比赛着谁动作快,谁跳得远。他们像过节一样,浪花在空中飞舞。桑桑哥大叫着我的名字,我一直望着桑桑哥,看着他跳进水里,一会儿又爬到船上。看着桑桑哥一个优美的弧线跳入水中,很长时间,没有再浮起来,我数了很多遍一二三,很多遍,他就是没有再浮起来。

大人们很快赶来,在岸上喊,在水里摸。过了好久,桑桑哥才从河里被人抱到岸上。有人拿来了一口大铁锅,他们把桑桑哥放在倒置的锅上,他们以为这样能够救活我的桑桑哥,可是没有。

新掘湾的水,静静地流向远方,流到我看不见的地方。

春天。奶奶带着我去陛下庙挑井水,看着大樟树叶子纷纷飘下来。奶奶说,乖囡,等你长大,水要买来喝哩。

陪聊

接了一个顺风单子,从第二人民医院到北干初中。

上了车,我没事找话,你是医生吗?

不是。我来这儿办点事。

那是老师?

也不是,我家住在学校附近。我来办点事。其实我是来看女朋友的。你能不能先把单子取消?我微信没钱,支付宝转你。

这个?

支付宝没有绑定。我的微信换了四个,所以里面没有放钱。

那怎么办?

哦,算了。

你经常取消单子吗?我看你的信用分很低。

这有什么关系。信用分有个屁用。上次有个人来接我,已拼了车,车上味道很重,后来只给他一颗星(最好五星)。那人事先没有跟我说,我讨厌拼车。

拼车不是可以便宜一点?

便宜六块。无所谓的,我是要乘得干净。

年轻人手机响了。妈妈,我回来吃饭的。哦,知道了。你给我微信充五十块钱。

你女朋友是这里人?

是的。我们认识八年。我今年二十四。我们从高一就开始谈了。

难得。这么多年不离不弃,应该好好珍惜。

是啊,我女朋友很好的。

你们初中就认识？还是高一一见钟情？

没。我初中在萧山读的。书没读好，所以只能到乡下来读高中。在这儿来来回回八年。本来，我妈打算给我买到五中读的，后来听说，八中管得严。我妈就拖关系来到了八中。其实，五中也管得严。我想，可能五中还会读得好一点。

五中是重高。八中也不错。起码来到八中，得了个女朋友。

年轻人放声大笑，这倒是的，我们高一时见面就好了。

那你们什么时候公开关系？或者说，去见爸妈。

高一的时候，被老师发现。她爸和我爸都去了政教处，说是让老师管着我们。其实，根本管不住的。我妈是喜欢她的。我带她回家去。她给我妈买了一套化妆品，给我爸买了两箱铁皮枫斗。我妈给了她一个大红包。可是，她爸妈不喜欢我。特别是她妈妈，逼着她相了一门亲，婚都定下来，房子也在装修，连结婚的厨子都叫好了。那个男的经常来找她。我女朋友不理他的。

她爸妈为何不喜欢你呢？

因为我没有工作，花钱又大手大脚。他们觉得我靠不住。我做过生意，炒过股票。四十多万，亏掉了。现在么，没工作可干呀。

你是独生子？

是啊。我爸也是独生子。我爷也是。

哦，三代单传。

不是。四代单传。我爷那个时候独生子绝无仅有。方圆几公里都没有。

你也打算生个儿子？你爸那代都很少独生子，不要说你爷。

是啊。我年纪还这么小，生个小孩子出来，养也不会养，自己都像个小孩。

二十四岁。很多还在读书。大学有没有读？

没读，高中毕业。我女朋友读的。我女朋友说，如果我读大学的话，我们可能不会在一起。大学是个花花世界呀。我想想也是。

那你跟你女朋友以后怎么办？

我女朋友做会计的。一个月三千五，到年底一次性补贴七万。我们打算等到年底，她拿了补贴，行李箱一拿。我女朋友说跟我走。我们打算出走。

你女朋友也是独养囡吗？

不是，下面还有弟。

你有没有想过女朋友的感受？她的压力？

我女朋友长得很漂亮的。这么多年，她是喜欢我的。我打算带着她去深圳。我妈在深圳买了一套房，我舅也在深圳，到时，我找个工作。我想，我能养活她。

那女朋友的父母呢？女朋友跟她的父母之间的关系呢？

她跟她妈妈经常吵架。她妈妈没有得到她的同意，就把她许配给了人家。现在这个社会还会有这样的父母吗？

我想，你应该为你的女朋友多想想。现在这么年轻，好好找个工作，跟她爸妈搞好关系。

搞不好。我成绩太差。工作也不好找。想当年，我读初中时，我妈给我报了四个培训班。开始的时候还去的，可真听不懂。特别是英语。后来,干脆不去。早上五点多出门,跟大人说,去培训班。其实我们去黑网吧。不用身份证的那种。我们五点多去,骑一个小时自行车,一直要等到中午十二点多,才轮得到玩。二块钱一个小时。

成绩就是那个时候差下去的?

也不是。主要是小伙伴没找好,跟着,跟着,就不想学习只想着玩。

快到了。

你在前面左拐,那个路口停吧,我自己走过去,你就不用绕路。车费已经付你。

年轻人下了车,背上一纸箱东西,消失在夜色中。

那张稚嫩的娃娃脸,真年轻。踩下油门,女儿的电话响起,妈妈,你现在在哪儿?

人人都是高血压

　　我咋会得高血压呢？那不是胖子才会得的病吗？四十岁还差一点的王盒子拿着体检报告单坐在沙发上喃喃自语。他的妻子马红兰腰粗得跟柏油桶似的，这时，蹲在地上剥毛豆。她抬了抬头，望了一眼满脸沮丧的丈夫说，你咋不会得呢，你爷爷是，你爸是，你叔是，你也是，顺其自然的事。可我妈不是，王盒子抢着说。你妈不是，你外婆是。一说起外婆，王盒子就闭了嘴。他外公去世的那天他的外婆就是因为高血压中风导致半身不遂。这活生生的例子摆在眼前，他无话可说。但我一点也不胖。王盒子不死心又加了句。马红兰说，瘦的人得高血压比胖的人还严重哩。

　　马红兰的话像一把锤子，打在了王盒子的脑门上，王盒子茶饭不思，整宿不眠，他担心坏了。担心指不定哪一天他也倒在马路上，从此与世长辞呢。想想每天都在死亡线上挣扎，王盒子的心一天比一天凉。

　　这天夜里，王盒子睡不着起床来到阳台。在这万籁俱寂的夜里，路灯也睡着了。王盒子想到同事小赵。小赵也是高血压，他得高血压已经快十年了，也没见他有什么异常，照样胡吃海喝，烟酒不断。可小赵胖啊，胖子得高血压没问题。王盒子想，胖子的血管壁厚，应该比瘦子弹性足，那中风的系数就低得多。王盒子轻轻地叹了口气，又想到了小宋。小宋人长得结实，高血压糖尿病都有。他平时多注意啊，一点点甜的都不沾。他又庆幸自己没得糖尿病，什么都可以吃。辗转一想，现在不行，高血压一得，荤菜是不能吃了。荤菜太油腻，越吃血管堵塞越严重。王盒子想着，伸了伸手，他想手伸得直点，血流得通畅点，不用拐弯抹角，血压就会降下来。王盒子在这么个夜里，直挺挺地站在自家的阳台上，想着自己的病。马红兰在屋子里，鼾声如雷。

从第二天起，王盒子成了素食主义者。他央求马红兰，去买几斤植物油，油菜籽榨的。马红兰开始不肯去，说王盒子脑子出了问题。人人都是高血压，不差你一个。就你把它当回事，不是脑子有问题还是啥呢。最终，马红兰扭不过王盒子的再三纠缠，在一个秋高气爽的早晨答应了。马红兰家在农村。一早，她就骑着电动车不情不愿地出发了，到了晚上才回家。植物油是买来了，也带来了一个坏消息。马家大姑摔了一跤，走了。马红兰急急地跟王盒子说，想不到高血压也死人，你小心点。王盒子眼前一黑，痛苦地蜷缩在沙发上。

王盒子向单位请了病假。办公室主任问明情况后还不答应，这社会，人人都是高血压，没事的。王盒子说，我出了问题你负担得起吗？主任没有办法，只能准了。

马红兰也哭笑不得。王盒子哪根神经出问题了。班也不上，觉也不睡，家务活更加不用说。两个人在家里，遇上了就拌嘴。王盒子一日三餐，青菜豆腐。马红兰照样能吃吃，能喝喝，躺倒便熟睡。王盒子就骂马红兰没有良心。以前她阑尾炎开刀住院，王盒子尽心尽力地服侍她，给她梳头，洗脸，连内裤都帮她洗。现在倒好，她不闻不问，不关心。

不出半月，王盒子病倒了。你说一个人吃得少，不睡觉，不生病才怪。进了医院，全身检查了一遍。医生告诉王盒子，营养不良，贫血，没什么大毛病。现在这个社会，你这个身体算健康了。

真的？是真的？王盒子拉着医生的手，不敢相信医生的话。他认为是马红兰串通医生骗他的。

医生坚持让王盒子出院。王盒子赖在病床上，骂医生不负责任，有病不治，没有医德。医生没法子，那就挂几天营养盐水。

一住住了一个月。王盒子更加瘦了。这下轮到马红兰害怕了，难不成王盒子真生什么大病了？

换了家大医院，又全身检查了一遍。医生说，不良心理因素导致的高血压。平时要注意多休息，不要过度劳累，没什么大问题。

王盒子躺在病床上，双眼一闭，又无力地睁开。马红兰一脸疲倦，她说，这下好了，满意了吧。

将军

暂且叫他将军吧。他有一个将军肚。

单位搞装修。将军的工作是贴地砖。最基本的活。我干了一天活,累。倒了杯开水,想起隔壁将军也该渴了,就询问要不要水?将军很感激,连声道谢。

贴地砖也是技术活,贴好了就能成将军。我调侃他。

将军笑笑说,穷苦人的工作,长宽会量,水泥会上,贴平就好。简单得很。

很多事情都是看看容易,做做难。你属啥呀?

最后那个。

哦,福气好。

我哪有什么福气。早上五点半起床,烧早饭,买菜。六点钟从家里出发,一个半钟头到这里。电动车的电瓶刚换,骑一个来回刚刚好。

我也是五点半起床,烧早饭,叫孩子起床,送孩子上学,然后开车三十分钟到这里上班。

将军蹲在地上,贴一块地砖。先用黄沙水泥拌成熟料,打底,放样。然后,在地砖背面涂上水泥浆,轻轻地合在刚才放样的地方,用木榔头敲实,整平。将军贴好一块地砖,就站起来透一透气。单位的暖气很足,他说,热得发晕。额头上有了汗珠,他的大肚子把裤子拉在下面,露出一小截内裤。鞋子是老北京的。他说,是老伴买的保暖鞋。这个鞋子不适合他的工作,不扎脚,不防水。上面沾满了泥浆。

休息一会儿。将军像在自言自语,又像是跟我说。他掏出一包烟,是利群,弹了一下,抽出一支烟。打火机打了二三下才点着。他吸了一口烟,眼睛眯了眯,似乎陶醉。

他吐出一口烟。双脚分立，一手叉腰，以平衡肚子的重力。

快五十喽。老婆在隔壁个体厂上班，经常要停工。一个月赚个二三千。一个女儿，一个儿子。女儿二十五，已经参加工作，在滨江。小畜生，只知道工作，对象都不要找。儿子参军去了，成绩还好的，大学考上宁波大学。体检通过，大学就没去上。他喜欢当军人。不过，早几天打电话来说，实在吃不消，太苦，想回家。我骂他，自己选的，一定要给我好好当。在部队里，表现好，过一年也可以学文化课。两个孩子负担重。我一天工钱二百多，挣得少，不像你们，有文化，坐办公室，多舒服。我小时候，爹娘也不让我读书，我自己也不要读。所以现在吃苦头。

工作都一样的。你做一天，身体累，倒头便睡。睡一大觉，第二天又满血复活。脑力劳动看看轻松，就是脑子累，事情多的时候就睡不好觉。

将军不相信。说，你会有多少事！就是几个数字。

我笑着默认。

将军很谨慎地探头问我，你一年收入很高吧？

他的眼珠里满是疑惑，等着我的答案。我还是笑笑说，用用够了。

我用用也够哉。你不说就算了。将军失望地说。

第二天，将军在楼下拌黄沙。一会儿两手各拎一桶泥浆上楼来。打老远就能听见他粗重的喘气声。他的将军肚让他有些力不从心了。

我们互致早安。人呀，一回生，二回熟。他说，你不用把地拖得这么干净，一会儿就脏。再说，搞卫生的人他们会搞的。

我说，没事。时间还早，拖拖地，锻炼一下身体不错的。

你太勤劳。他说完就走进了隔壁办公室。

等我搞完卫生，坐下来打开电脑时，将军的歌声飘然而至。

在那遥远的小山村，小呀小山村，我那亲爱的妈妈，已白发鬓鬓。过去的时光难忘怀，难忘怀，妈妈曾给我多少吻，多少吻……

将军的演唱会。我是唯一的听众。

一曲终了，又是一曲。

几度风雨几度春秋，风霜雪雨搏激流。历尽苦难痴心不改，少年壮志不言愁。

将军恐是忘了后面的词，四句话翻来覆去，唱了四遍。或许是喜欢这几句话，未尝不可。

三天后，将军不辞而别。

管事的说起将军，工作认真，手脚太慢。这个地砖，手脚快的人一天就能完工，他做三天还马马虎虎。若不是看在他老婆娘家人的份上，早就换人了。这不，人么，生来这样，也没有法子，总要讨口饭吃。

梅花弄3号

二十一点之后的面包

　　超市里有一些食品,过了一定的时段,就要打折处理掉。保质期最短的,比如面包。那种叫红宝石的面包,每天过了二十一点,保质期就过了,只好打对折处理。这种面包天天有,原价三、四元,二十一点之后,只需一、二元。价格便宜,买了马上吃,跟不过期的一样。

　　水生每天都能吃到那些过期的食品。因为他的女朋友月儿就在超市做收银员。水生是建筑工地的水泥匠。那天,超市打烊前五分钟,水生去买过期的面包。水生不仅买了面包,还认识了月儿。月儿跟水生是同一个乡的,这让身在异乡的水生喜出望外。

　　超市对面是十五层楼高的休闲娱乐中心。夜夜灯火辉煌,歌舞升平。大楼进进出出的好像都是些膘肥体壮的男人,珠光宝气的女人。以前,水生对这幢大楼很不屑。现在,他爱上了这幢摩天大楼。因为楼顶上有口大钟,水生喜欢十五楼上的大钟指向二十一点,他就会兴奋地跑进超市。

　　月亮爬上了树梢,水生和月儿手牵手走在城市的马路上。月儿从口袋里掏出一个大大的红苹果。月儿说,这也是打折的。水生,你尝尝,很脆,很甜。水生说,月儿,你吃吧。我吃面包。水生啃下一口面包,嚼着。月儿说,你尝尝,很好吃。水生说,月儿,我不吃,你吃。月儿咬了一口苹果,脆响。水生说,月儿,跟你商量个事儿,这个月发了工资……我们的钱也攒得差不多了,我们……

　　什么呀?月儿撇下水生,跑了……

　　水生卖力地干活,他要挣更多的钱,月儿说过,想买一只红宝石戒指。可是,那天上工时,天正下着雨,疲劳过度的水生从二楼的脚手架上摔了下来。水生以为自己活不了了。在医院里躺了两个月,水生真后悔没有带月儿来工地,月儿一定找不到他了。

水生出院了。在超市门口,水生望了望十五楼上的那口大钟,有点儿眩晕。他跑进超市,月儿不在了。她们说月儿一个月前就辞职了,好像跟一个大款走了。水生一下子就像泄了气的皮球,怏怏地。他看见超市里的面包一大堆,今天二十一点之后,过期的面包会很多。水生没有买面包,出了超市。突然,对面一辆本田戛然而止。车窗里探出一个大脑袋:找死啊,乡巴佬!水生想骂,想拿块玻璃狠狠地把车子划成稀巴烂。

水生不相信月儿不给他一个交待就这样离他而去。可是,月儿好像从这个世界上消失了。慢慢地,水生只好接受,月儿真的是嫁给了大款,被大款藏起来了。

水生再次见到月儿,已经是十年之后的事了。

水生是在接女儿放学时,在校门口看见月儿的。月儿在校门口做烤面包的生意。月儿想躲,水生跑上去,拉住了她。月儿眼里贮满了泪。

月儿没有嫁给大款。十年前,月儿下班途中,被一伙外来民工强暴了。

水生对月儿说,这么多年我一直在找你。

月儿对水生说,面包过期了,就会变质。我不想再让你……

水生说,不是的,月儿。我们以前不是经常买过期的面包吗?

独钓寒江雪

　　当伯士赞叹姜非的家乡是现代版的世外桃源时，姜非的头就摇得像个拨浪鼓。姜非问，哪儿是呢？如果是世外桃源，那为什么看不见躬耕的老农，采桑的妇人？闻不到一点儿的泥土味？看看路上行色匆匆的人们，哪一个不是一张疲惫不堪的脸，一年四季不停地工作，拼命地赚钱。虽然得到了很多，可失去的也不少。究竟失去了什么，姜非也说不明白。伯士说姜非有病。现代化的生活设施，样样俱全，何其幸福。若还不满足，真是脑子有问题。伯士还说，土地有什么用？土地能长出金子银子？姜非说伯士不懂，没有再理会他，从门背后拿出鱼杆，拎上水桶，钓鱼去了。

　　姜非从小喜欢钓鱼，还是制作鱼杆的高手。如今三十而立的他经常唉声叹气，现在做一根中意的鱼杆真难。姜非的意思是做鱼杆的原料太难找了。就说鱼杆的浮标吧，浮标是用公鸡翅膀上的羽梗做的，白色，显眼。姜非现在的浮标还是托伯士搞到的。伯士家在山旮旯，家中养了几只芦花鸡。姜非不喜欢市场里的鸡毛，说那鸡的羽梗又细又软，派不上用场。家养公鸡的羽梗硬，耐得住水。鱼上钩时，浮标一沉，很快会浮上来。姜非怀念小时候的鱼杆。

　　姜非钓鱼的地方说不上是一条河流呢还是一个池塘。那是一条不能通航的河流经过清淤砌岸而成的一个狭窄封闭的池塘。伯士他们叫垂钓中心。垂钓中心是全开放式的，离姜非家不远。垂钓中心刚办起来那会儿，远近的垂钓爱好者纷至沓来。最近几年，也不知何故，垂钓者一年不如一年，时至今日，近于荒废。只有姜非一如既往地守着这个鱼塘。姜非对钓鱼一往情深，论起钓鱼的经验，更是滔滔不绝。讲到动情

处还咂巴几下嘴"啧啧"几声,好像尝到了鱼的鲜味似的。

伯士经常到姜非家串门。姜非的老婆对伯士说,有一天半夜里,姜非伸起手来做拉鱼杆的动作,吓了她一跳,以为姜非中邪了。现在,经常会发生这样的事也习以为常了。这人,真着魔了。姜非拿眼斜睨一下老婆,没有的事,别胡说。老婆一听就来气,这呆子,下了班就往河边赶,家里又不愁吃穿,瞎折腾什么呀。这鱼又小又瘦,泥土味又这么重。姜非说,你不懂。老婆知道姜非的驴脾气,也没再说什么。

河的两边是垂柳,冬天的时候,光秃秃的。树枝上一只鸟儿也没有。姜非站在岸边,一只手纹丝不动地拿着钓鱼杆,全神贯注。天边的鱼肚白快落尽时,一丝亮光把姜非的影子拉到河面上,河面光滑如镜。姜非拉一下鱼杆,水波荡漾开来。

伯士找来了。

哥们,别钓了。鱼儿不上钩啊。

谁说的?伯士,我琢磨着,河里的鱼是不是给我钓完了?

你看看,这儿除了你,还有人钓吗?

姜非无语,把屁股放在岸边的一块假石上。过了一会儿,他拉起鱼杆。伯士看着空空的鱼钩,嘴巴张得老大。

这——这鱼钩,怎么——怎么没饵啊?

姜非会心地笑了笑。

伯士挠了挠头发,嘴里嘟哝着,鱼会自己上钩吗?

姜非看看天,天边的一抹亮色已褪尽,他摇了摇头,走了。

天渐渐暗下来。不知什么时候下起了雪。

南瓜地里的秘密

汪老汉辛苦了一辈子。弥留之际,大儿子风早已守候在床前,小儿子雨是嫂子从南瓜地里叫回来的。雨拖着一身泥,哭哭啼啼来到父亲床头。汪老汉长长地叹了口气,人都到齐了,分家吧。爹活了一辈子,没啥给你们留下,就剩下两间平房和一片南瓜地。你们兄弟俩合计着分吧。

风一听这话,两眼放光,笑眯眯地说,爹,我要平房。转头又对雨说,弟弟,我和你嫂子人多,睡南瓜棚太挤,我看,还是你睡南瓜棚吧。雨想争取一间平房,又舍不得那片南瓜地,风又这么一说,只能顺水推舟,无可奈何地答应。汪老汉还想说点什么,一口气回不转,咽了气。兄弟俩简简单单把父亲埋了。雨没有什么家当,拿了风穿剩下补了又补的几件破衣衫睡到南瓜棚里。

冬去春来的日子是最难熬的,就像黎明前的黑暗。南瓜地一片荒芜,等待着春风早日来,吹醒沉睡的大地。雨的南瓜棚其实是一间狭小的草舍,几片毛竹和几根木头做架子,盖上编织成的稻草片,就成了一个棚子。南瓜棚的隔壁有很大一块南瓜秧田,秧苗已露出了两片芽儿。雨一个人没事的时候,就蹲在南瓜秧田边跟秧苗说话。哥哥分给他的十斗米已吃完,想跟哥再要点,嫂子说也吃完了。刚刚还看见他们吃着呢,说完就完了。嫂子说米没了,只给了他一点米粉。

转眼,秋天到,南瓜熟,收获的时节来临。雨抱着大南瓜心里乐开了花。风夫妻守着两间平房,吃住无忧。还时不时地向雨讨几个南瓜,却从来没有给雨送口热水。

一天夜里,冷风嗖嗖。雨挤在南瓜堆里,整日的辛苦劳作,雨睡得熟。一群人,身披黑衫,头戴斗篷,窜到南瓜地里。

他们用麻袋装着沉甸甸的大南瓜。有一个大个子嚷着，好大的一个南瓜。

也不知道过了多久，雨被嘻嘻哈哈的声音吵醒。睁开眼发现自己装在大麻袋里。刚想喊叫，却听到外面有声音，南瓜南瓜，快快显灵，我要三楼三梯，七十二个侍女，美酒佳肴摆满堂。只见一道霞光，满屋生辉。雨松了松袋口，袋口散开。从袋口向外望去，外面的男人奇形怪状，奇丑无比。可那些侍女却长得貌若天仙，殷勤周到服侍着那些男人，莺歌燕舞，余音绕梁。男人们拉着陪酒的侍女，喝着杯中酒，欢声笑语，满屋子的人好像在庆祝什么事情。

夜幕降临，男人们喝醉了酒，横七竖八躺在地上，不省人事。雨小心翼翼地从袋子里爬出来。雨想起为首的那个男人有一根绿衣仗，他就是用那根绿衣杖点了他的南瓜，然后，全变成了高楼美人。他跨过一个又一个醉汉，拿走了那个宝贝。

雨逃回南瓜地。他拿着绿衣杖学着那个男人的话，南瓜南瓜，快快显灵，我要三楼三梯，七十二侍女，美酒佳肴摆满堂。果真，南瓜地里一座高楼拔地而起，里面灯火通明，美女如云，雨看傻了眼。

风第二天听说此事，急急忙忙找雨打听。雨就把自己的奇遇一五一十地告诉了风和他的嫂子。嫂子回家，打了风一顿，说风没出息。

风灰头土脸找雨哭诉。希望雨把南瓜地让给他。雨二话没说就同意了。

第二年，风白天在南瓜地里闲逛，晚上回他的平房睡觉。南瓜地无人照料，结出的南瓜又小量又少。风想着南瓜成熟

了,晚上会发生点什么了。他睡在南瓜地里,却怎么也睡不着。

嘻嘻哈哈的声音传来,风又惊又喜。那群财神爷来了。

一个人说,今年的南瓜太小。一个人说,太小多装点。一个人说,这里有个大南瓜。他们把风装进麻袋里。两个人抬着南瓜赶路。

也不知走了多久。经过一座大桥时,一个人说,这个南瓜太沉,休息一下。他们刚把南瓜放在桥上,突然一阵臭味弥漫开来。

一个人说,什么东西,这么臭?

一个人说,是啊,好像是这个南瓜。

一个人说,这个南瓜是坏的。

一个人说,是的,扔了吧。

两个人抬起南瓜,扔进了河里。

风在袋子里听得一清二楚。他拼命地叫着,我是人啊,我是人啊。

母亲的故事讲到这儿,我们听得津津有味。夏天的夜晚,没有空调的那些日子,我们在母亲的故事中打发时间。

母亲最后问,你们说说看,南瓜地里有什么秘密呢?

夏早日初长

蜗居之牛

　　太阳已被大山吞噬,晚霞挣扎着把天边镀成了金色。夏天的夜来得迟,天还没黑,名店广场的喷水池旁,三五成群的人们已在乘凉。在这里,二十一点之后有水幕电影——一种以水帘为幕的异类电影。我是很早以前就看过水幕电影的。想象总是美好,亲历之后,也不过如此。偶得悠闲,扭不过儿子涵的再三恳求,就去了。我就是在这天遇见麦子的。

　　麦子是江西人,脸上有一块疤。喷水池在广场中央,东面有一个小型的露天休闲区,放了好些桌椅。挑好位置,坐下。麦子看到我们坐下,放下叉着腰的右手,背着身子,倒退两步,用左手摸准椅子的方向,小心翼翼地把屁股放到了椅子上。可以看出,麦子站着吃力,想坐一会儿。而坐与不坐,对她来说,有些迟疑,是我们给了她坐下来的勇气。这样想,我就有一种想说话的冲动。这样,我就开口说话。我就知道了她叫麦子,知道身在异乡的麦子的一些事。

　　麦子十八岁跟男朋友一起出来打工,五年了,现已成家,儿子三岁,叫斌斌。两个语言不通的孩子早已玩到了一块儿,你追我赶,笑声不断。斌斌穿着背心和短裤,身上裸露的地方疮疮累累。麦子说蚊子多,经不起痒,抓的。麦子一家三口租了一间民房,十二平米大。月租一百元。十二个一平米的范围,吃喝拉撒在一起,不敢想象,赤日炎炎的夏天,麦子一家该如何熬过?

　　我替麦子难过时,服务生和气地上来问我们要不要饮料,麦子机械似地站起来,像犯了错误的孩子,低头不语。我漫不经心地说,待会儿吧。服务生走了。我示意麦子再坐一会儿。麦子不好意思。我说怎么了?麦子说,坐在这儿,要买东西的。原来这样。

夜，黑了。一个经理模样的人上来，问停在路中央的车子是不是我的，我用普通话应承着，他不屑地看了我一眼，让我马上换个地方。我连忙用萧山方言回他的话。他愣了愣，有了笑。

麦子发现我是本地人时，再也坐不住。她起身，腼腆地说，刚吃了饭，再买一杯饮料，吃不下。对于刚才发生的一幕，麦子心存芥蒂。我紧跟着麦子，站起来。

麦子和我站在休闲区外，那些椅子可怜巴巴地空闲着。麦子的右手托着她的腰。我问工作辛苦吧？麦子说，苦倒没什么，就是苦了也没钱赚呢。八小时累死累活地干，一个月才挣五六百。麦子低着头，看着地面或是看着自己的拖鞋。麦子的拖鞋是我小时候穿过的那种，底子薄，鞋帮浅，还会摔人。

小孩子越来越多，绕着喷水池旁的圆圈玩着老鹰捉小鸡，个个兴高采烈。

麦子突然跟我说，等这个月发了工资，要给母亲买一件羽绒服。我觉得奇怪，怎么现在买呢？麦子机智地笑着说，现在买，便宜。母亲有伤寒症，冬天的时候，羽绒服最保暖。母亲有一件，穿了十几年了。就想给母亲买一件好的，像那件一样。

九点不到，水幕电影还没开始，麦子说天已凉爽些，想回去睡觉，今晚上夜班。我目送他们。麦子拉着斌斌的小手回家，回她的十二平米。斌斌欢快地小跑起来，拉着麦子的手，就像牵着一头脚踏实地的牛。

寻找朱吾彦

我去寻找朱吾彦的原因是我不会磨剪刀,而朱吾彦会。不仅会,而且他还是磨剪刀的高手。柳叶青做了三十年的裁缝。在第三十一年的那个早晨,柳叶青还做裁缝。她第一次让我帮她去磨剪刀,找一个叫朱吾彦的人。

哪个朱吾彦?我问。

听说,听说在城西东街头的一个弄堂里。柳叶青答。

小县城的东面有条街,在街的尽头,有一条弄堂。我顺着石板路,曲曲弯弯,只看到一位年轻人坐在门槛边喝绿豆粥。问了路,年轻人说这儿没有朱吾彦这个人。

折回家,太阳已经升起来了。柳叶青沉默了许久,才说,哦——很久以前就没有朱吾彦了。我说柳叶青你开什么玩笑,没人了还让我去?柳叶青说,他还在的,一定在的。可能,可能现在的人都叫他小朱了。

柳叶青有三把剪刀。两把小的,一把大的。大剪刀是柳叶青的嫁妆,嫁给我时,刃上有一个缺口,磨了这么多年,还没磨平。我说换把新的,她坚决不同意。我拿着三把剪刀,再次来到弄堂口,又遇到坐在门槛上的年轻人。我问,小朱在不在这里的?年轻人头也不抬说,前面不远。

不远有多远?

隔壁。

走了几步路,年轻人告诉我,楼下磨剪刀的不是小朱。小朱在楼上,叫几声就好。

这个朱吾彦可真是奇怪,又不是黄花闺女,为什么躲在楼上磨剪刀。走完一堵墙,一个磨剪刀的坐在小板凳上头挨着廊檐下的墙,打着盹。我估摸着不是他。走进门槛,叫了几声小朱。楼上果真有人应答,让我上楼去。我想,我是找到朱吾彦了。

楼上只有一个人,正低头忙碌着,腿上盖着一块黑里透亮的布。他的座椅很特别,比一般的椅子要矮,要宽。磨剪刀的可能就这个样,我这样想。面前的这个人已不小了。最起码跟我跟柳叶青差不多大。我陪着笑脸问,小朱师傅吗?想磨一下剪刀。朱吾彦没吭声,指了指方向,示意把剪刀搁那儿。

朱吾彦给我磨第二把剪刀时,来了一个女人,四十开外,穿着一件大红色的紧身衫,胸脯鼓鼓的,嘴唇红红的。一上楼就跟我商量能否让她先来,我想了想同意了她的请求。朱吾彦不理会女人。女人急,朱吾彦瞪了女人一眼,说,总有个先来后到吧。他先来的,他先磨。女人一听,很生气,你这个人有毛病呢——又不碍你什么事。怪不得——娶不上老婆。

朱吾彦听了,居然笑了。满口黄牙,像是很久没有刷了。他把磨好的剪刀往水里浸一浸,捞起,再放到嘴边吹了口气,像变魔术似的,又用手在刀口上来回擦了几下,好像觉得不满意,又磨开了。

朱吾彦一边磨一边一脸坏笑地看着女人,问,娶了老婆的男人没毛病?

当然。女人立场坚定。

哦,那我有病,你还来找我?

我不来找你,我是来找你磨剪刀。

这不就是来找我。

你到底给我磨还是不磨啊?

当然磨,当然磨。只是时间问题。时间长了,什么剪刀都

能磨。朱吾彦放声大笑。女人说,不磨了,不磨了。马上就好,马上就好。朱吾彦叫住她。女人的剪刀跟我的大剪刀一样,不用磨,是罗丝松,紧一下就好。唯一的不同,是我的刀刃上有一个口子,她的没有。

女人掏出五毛钱。朱吾彦说,不用的。女人说,拿着吧。楼下那个懒人都收一元钱一把了。说不要就不要,紧一下不用钱。女人拗不过他,拿着五毛钱走了。朱吾彦看着女人扭着腰肢下楼去,说,这人哪,要是脑袋不灵,紧一下能好,那该多好。我掏出两块钱,他拿走一个硬币。说,一块钱就够了,不多收。你帮我拿一下茶杯,好吧?他喝完一口茶,突然问我,你认识柳叶青吗?我站在楼梯口,不知道如何回答,就点了点头。她自己为什么不来?他又问。我说,是她让我来的。

阳光从天窗直泻下来。朱吾彦停止了磨剪刀的手,那是一双被水过度浸泡的手,毫无血色。知了醒了,不停地叫喊着。我的眼前出现了一团耀眼的白,用棉絮裹着一团白色,那是朱吾彦的下半身,平平的,大大的,像一个圆盘,放在一张矮矮的椅子上。望过去,朱吾彦像一尊佛供在我的面前,让人不知所措。

楼下有人叫小朱。

朱吾彦恳求我把大剪刀留给他。他说,那个刀口,他想把它磨平,明天,或者后天。

原来我一直想找的影子就是朱吾彦。可是,知道了又怎么样?对于面前的朱吾彦,我还能怎么样。什么也不用说,我只想快些回家,柳叶青还在家等着我呢。

蒋云南

蒋云南是个女人。李富贵说。

采石场的男人们都喜欢往蒋云南的酒馆里跑。

来来来，大兄弟，请里面坐，想吃什么，尽管吃，想喝什么，尽量喝，钱不用说。蒋云南是这样招呼男人们的。男人们拉开长凳，东倒西歪地坐着，一眨眼工夫，几碟小菜上桌，一看，是猪头肉，花生米，还有几个油豆腐。男人问，蒋云南，你家男人呢？蒋云南停下倒酒的勺子说，一早就出门，不晓得又去哪鬼混了。自家有豆腐，还去外面吃豆腐啊，男人们打趣道。蒋云南端过满满一碗酒，怪嗔道，喝你的酒吧，再说这种丧气话，小心老娘断你的粮。酒馆里的笑声飘出好远，惹得四邻八舍的女人们浑身不自在。

男人们喝的是绍兴老酒。一小碗半斤。吃一餐，每人几毛钱。在采石场干活凭的是力气。男人们干到一半，就要歇场。一歇场，男人们就往蒋云南的酒馆赶。一天赶两趟，上午一趟，下午一趟。酒馆就在采石场的附近，走几十步就到，但他们还是争先恐后，好像迟了就轮不到自己的酒了。

男人们的酒钱从不欠过月。一个月开始，挂着账，等月底时男人们结了工钱，就马上还了酒钱。只有李富贵例外。

李富贵个小，力气也小，挣的钱比别人少，一餐还要喝两碗黄酒。几个月下来，欠的钱越来越多。李富贵自觉还不上钱，却还是按捺不住想去蒋云南的酒馆。实在没有法子，他想出了一个办法。酒馆门口有一个茶桶，趁别人乱哄哄时没注意，他偷偷去倒上一碗红茶，跟别人碰着黄酒碗干杯。等结账时，李富贵跟蒋云南说明了原委。蒋云南二话不说，倒上一大碗黄酒，摔到李富贵面前。酒溅出来，湿了桌。蒋云南说，大

梅花弄3号

兄弟，喝吧，再怎么委屈，也别委屈了自己的肚子。钱不用说。

李富贵就又喝上了。喝得满脸通红。喝得泪流满面。

男人们在喝酒时，或在酒足饭饱时，都会讨论女人的事。谁家的女人脸长得漂亮，谁家的女人胸大屁股也大，谁家的女人脾气好，谁家的女人经常跟公婆吵架，谁家的女人……只有李富贵的女人没人敢说。

李富贵的女人长得又壮又丑，又能说会道。男人们都晓得李富贵怕老婆。说也说不过，打也打不过，每天忍气吞声。醉酒后的李富贵一会儿哭，一会儿笑。他拉着蒋云南的手说，只有在这里，在这里，我才像个人呀。男人们看着，都不知觉地喝上一大口酒。

蒋云南跟男人们干下两碗老酒，背起不省人事的李富贵欲走。男人们劝她别惹事。蒋云南一抹嘴说，我倒要看看这个女人。蒋云南把李富贵背到他家，天已经擦黑。李富贵的女人气得眼珠子都突出来，食指戳向蒋云南，你这个不要脸的，敢来管我们家的事。谁不知道你是哪路货色，也不撒泡尿照照自己几斤几两。

蒋云南放下李富贵，直起腰，汗不肯下来。她笑了笑。是！我不要脸。李富贵天天在我的酒馆里喝酒。还一天喝两趟。瞧瞧，你这个女人，连自己的男人都管不住，还凶个屁！

女人暴跳如雷，冲上去，举起拳头打过来。蒋云南一躲，转过身，一记清脆的响声。风起叶落，空气像秋天的阳光东躲西藏。我今天打你，是为了李富贵。告诉你，李富贵他喝的不是酒，是茶。蒋云南说完，走人。留下瘫在地上的女人，还有站在一旁，酒已醒了大半的李富贵。

李富贵讲到这里,停了下来。

我听来的却是另一个版本。蒋云南生了四个女儿,其中有一个是别的男人的。蒋云南在这里待不下去,跟人跑了。

李富贵说,自从蒋云南关了酒馆后,我再也没有喝过酒。喝酒伤身,还是茶好,暖胃。

酒馆门口的石凳是李富贵送给蒋云南的。石凳上放着茶桶。深褐色的茶垢涂满了茶桶的内壁,茶叶是叶大梗粗的红茶。靠茶桶的墙壁上写着几个歪歪扭扭的大字:免费供应茶水。

蒋云南其实不叫蒋云南,这是她丈夫的名字。她的真名叫茶香。李富贵喝一口茶说道。

许婵娟

说的是许婵娟。

许家有女名唤婵娟，年方二八，长得跟嫦娥似的，庄里沈最穷的要数许家。而沈家颇富足，偏偏沈家大少爷有为长年带病在床，沈老爷就差了媒人讨了婵娟嫁与有为冲冲喜。有为虽弱，却也长得极为俊雅。说来也巧，在婵娟的精心调养下，有为的病情一日好过一日。刚满月那日，沈老爷就命下人准备给大少爷大少奶奶圆房。那料想，大少爷却猝然过世了，独留下婵娟，守着空房，不知过了多少个不眠之夜。

话说沈家还有个二少爷，娶了庄里沈东边郑家桥的大户人家姚氏为妻。不到一年，生了一个女儿，可怜的是，姚氏难产而亡。小婴孩日夜啼哭，仆人奶妈都束手无策。婵娟听闻，过去抱入怀中，婴儿当即止了哭，还露了笑脸。又过了半年，二少爷重又娶了一房大户人家的女儿李氏为妻。

小婴孩过继给了婵娟，取名若素。从小娇生惯养，婵娟待她比世上任何母亲还要溺爱三分。吃穿用度，无微不至。若素小时候，女红从不染指。倒是学了几个字，也是三天打鱼两天晒网。平时又仗着自己是老大，欺负堂弟堂妹的事经常发生。沈老爷疼惜她，也是睁一只眼闭一只眼，就由着她的性子，恣意妄为。

转眼到了若素出阁的年纪，庄里沈的人都知道这个大小姐脾气刁钻古怪，顽劣异常，得罪不起，提亲之人也不敢上门。现说有一户远方来的外客姓周名舫的憩居下来。某日在庄里沈的航坞桥上见了若素的俊秀模样，怦然心动，就主动上门求亲。这边，婵娟正愁若素年岁渐长找不好婆家，这下，中了意。于是，择了良辰吉日，若素嫁到周家，合家欢喜。

可是好景不长。若素每日里好吃懒做,惹是生非,弄得周家鸡犬不宁。周舫忍无可忍,举手打了她。沈若素哭哭啼啼地逃回娘家,发誓永不进周家的门。哪成想,回家后,竟发现有喜了。婵娟嘴上不说,心已大不悦。这周家男人怎可动手打人。又一想,应是素素不对在前,怨不得他们。这家务事实在难管周到,只能先让若素住下,且让时间慢慢放宽各人的心。眼见若素的肚子一天大过一天,快临盆时,婵娟才陪着女儿回到了周家。

到了周家,婵娟对周舫说,从今儿个起,我在这儿住下了。素素年轻未经事面,以后,家里的事只管吩咐我做便是。

婵娟就在周家住了下来,全心全意地照顾若素。若素生下孩子,却还是外甥打灯笼——照旧(舅),管一个人快活。喂奶,洗尿布,搞卫生,家里家外,桩桩件件,都由婵娟一手打理。庄里沈的人都说沈若素是享福的命,婵娟是上辈子欠她的。婵娟听了这话,也不辩解,只说道,素素跟我是前世有缘的,要不然,一见了咋会对我笑呢?我有这样一个女儿,那是上天赐给我的,疼都来不及呢,哪舍得打她骂她。周舫见婵娟如此这般,也没了气。

沈老爷年岁大了,不久辞世。二少爷突染重疾,不幸早亡。偌大一个沈家,只能靠两人女人支撑着。那时,家里的劳动力都是挣工分的。婵娟每日第一个到地头,又是最后一个走的,挣的工分也最多;而李氏呢,最后一个到地头,却是最早一个走的。家里的嘴巴多,底虽厚,日子一长,也捉襟见肘了。婵娟见状,时不时接济他们。后来,遇上那场浩劫。李氏戴上"地主"的帽子,受不了气,自杀了。留下五个儿女,嗷嗷

待哺。婵娟更加忙碌，周家与沈家两头都要顾，日子清贫，靠她勤俭持家，才勉强度日。

几十年过去。一个个孙子辈相继出世。婵娟也老了。

婵娟八十六岁那年，生了一场大病。孩子们眼见她快不行了，忙着准备后事。想不到，过了几日，竟渐渐地能下地，又几日，都会做饭洗碗跟平常人一模一样。全家人甚奇。

黄昏。曾外孙女问婵娟身子骨好些没？婵娟眯缝着眼，裂着早没了牙的嘴道，那天做了一个梦呢，梦见我的有为了。他跟我说，因为我，我为他守了一辈子，他才会在下面金山银山吃不完。有为说，本来早想叫我去陪他，可他舍不得。他看到我们一家人和和气气，他真舍不得。他说，其实他知道，我在上面苦。他在下面也苦。他说，现在世道变了，越来越好了，让我再活个十年，享享福。

曾外孙女钻入婵娟的怀里，一个劲地叫，外太婆好好的，一直会好好的。婵娟摸摸曾外孙女的头，望着庄里沈上穿梭如织的游人，轻轻地吟道，是啊，好好的，一直会好好的。庄里沈的夜悄悄地来了。婵娟问曾外孙女，今晚，还陪外太婆睡吗？

长大后，我才知道她的名字，许婵娟。那是我外太婆的名字。我曾经很多次听见外太婆在梦中叫着有为的名字。沈若素是我的外婆。外婆说，外太婆至死还是处子之身，却子孙满堂。

那年那月那日

朱老七一觉醒来，天已放亮。搭上一边的蚊帐，下了床，套上衣裤。看看婆娘还在睡觉。俯下身子，推了推婆娘的屁股，催促着快点起床。婆娘摸了摸腰说腰疼得厉害，起不来了，昨儿个就酸溜溜的，隔壁大毛嫂说绍兴有个草头郎中，看腰疼手到擒来。婆娘问朱老七能不能今天陪她一起去看看。朱老七给婆娘捏了几把腰，说再过半个月就是冬至了，山上的柴火被人都砍得差不多。昨晚，听广播说今天晴转多云，打算到山上去砍柴。柴快烧完了，再不去，可接不上了。婆娘叹了口气，翻了个身，也下了床。搭上另一边的蚊帐，套上衣裤，与朱老七蹑手蹑脚地出了房门。

朱老七烧了稀饭，挖了点霉干菜下饭。夫妻俩吃完饭，朱老七就推出"永久"牌脚踏车，"咯吱咯吱"地把婆娘送到了轮船码头。婆娘是坐着轮船去绍兴看腰疼，跳上船板，叫着朱老七，别忘了亮亮和东东还在睡觉。等他们醒了，下点糖放面喂喂饱。亮亮四岁，东东比亮亮大三岁，还不懂事。日上三竿了，小孩子贪睡，朱老七"咯吱咯吱"骑车到家，两个孩子还没睡醒。朱老七走进厨房，放好了面，加了二勺红糖，拿个空碗盖着，怕凉了。然后，走进房门，把孩子叫醒。

看着孩子吃得欢，朱老七就说，在家好好待着，别到处玩。爹到山上砍柴火，很快回来。亮亮一听此话，耷下脸就哭，爹不要去，爹不要去，山上有老虎。东东也跟着哭，爹你不要去山上砍柴，我们在家，怕。朱老七绷紧脸，东东，你是哥哥，这是自己的家，怕什么。好好看着弟弟。爹去去就回来。兄弟俩还是缠着朱老七的腿不放。

太阳越升越高了。朱老七急得像热锅上的蚂蚁，心一狠，

甩掉孩子的手,操起扁担、绳索,还有柴刀。快走几步,跳出门槛。门"砰"地反锁上。屋里顿时传来"哇哇"的哭声。

朱老七一口气跑到半山腰,赵四已经挑着一担柴火,晃晃悠悠地下山了。赵四叫唤着,老七,怎么这么迟啊。朱老七呵呵地笑笑。树木丛中探出个脑袋瓜,哈哈地笑着说,老七舍不得婆娘,给她捂脚捂得起不来了。这么好的天,睡睡舒服呢!朱老七红了红脸,好你个臭阿狗,你家婆娘还等你回去,接着做呢。老七,说谁呢!背着和尚骂贼秃,老娘我可不是好惹的。阿狗的婆娘骂了声。朱老七吓了一跳,阿狗嫂也在啊,这越方便了。我们当没有看见,你们玩哦。这个死老七,说什么鬼话,天塌下来压死你。好啊,天塌下来当被盖才好哩。

笑声传遍山野。朱老七麻利地操起柴刀,砍着树丫和茅草。山路崎岖,几棵小树经不起风雨,东倒西歪着。一刀下去,就断了。

朱老七是个砍柴能手。力气大,有法子。一会儿,柴火已堆成了一大堆。朱老七绕过刺柴。一块岩石下,柴火挺多的。心想着,砍完这里就回家,两个孩子也不知道怎么样了,婆娘不知有没有找到那郎中?想着又麻利地操起柴刀,砍了起来。

一柱香的工夫,柴火堆成了一座小山。朱老七直直腰板,抬头看看太阳,有点眩晕。突然一块大石头滚了下来。"快躲开,老七。"阿狗尖叫着。

石头刚好砸到朱老七的后脑勺上,朱老七倒下了。

阿狗与他的婆娘惊惶失措,丢下柴刀,跑到朱老七的身边。朱老七奄奄一息,拉着阿狗的手说,帮我把这担柴火挑下山，给东东他娘。

朱老七家还是三间平房，屋顶上，蚊帐横放（把蚊帐扔到屋顶上，意思是死人得以升天）。

婆娘回到家，傻了眼，晕过去，又醒过来，婆娘捂着腰，骂着朱老七为什么不陪她去看病？一起去，就不会有事了。心太狠了，留着两个孩子在家哭。这往后，可怎么过啊？

兄弟俩看着爹爹血肉模糊的样子，知道出了事。东东摇着朱老七的手，爹，你快点醒醒，醒过来，我们以后不哭了，会乖乖地听爹的话，听娘的话。亮亮看看娘也哭，哥也哭，也哇哇大哭。

左邻右舍聚集着，泪水淌满每个人的脸。阿狗的婆娘哭得最凶，老七的命真薄，这年纪轻轻就没了。弟妹，我对不起你啊，是我说错了话。老七，你可别怪我呀。

冬至那天，刚好是朱老七的第二个祭日。婆娘到柴房取柴，满满的，一屋子的柴火。婆娘忘了拿柴，抹着泪，又哭了起来。

陶小明的桃林

　　陶小明脸胖眼小，个子又矮，长年累月挂着两行清淡的鼻涕，同学们都不愿意跟他一起玩。他背古文的样子是这样的：闭上小眼儿，摇头，晃脑。真是奇怪，这样一来，古文就像流水一样哗哗地从他的嘴里源源不断地出来了。陶小明也只有在背古诗文时特别神气。那天，他背完《桃花源记》，睁开了小眼，停住了晃动着的脑袋说，难道这古人也来过我们这里？同学们都笑话他。陶小明眨巴着小眼，好像搞不清我们为什么如此好笑。

　　放学后，我躲在一棵大樟树下，照着陶小明背书的样子，闭眼，摇头，晃脑，却背不出几句古文来。没办法，为了少挨母亲的骂，我硬着头皮向陶小明请教。陶小明躺在屋后的青石板上，嘴上叼着一根狗尾巴草，狗尾巴草向着天，一晃一晃地。青石板下面是一个露天清水池，里面有两只青蛙鼓着腮帮子，不停地叫唤。陶小明答应了我的请求，但我也必须答应他三个要求。第一，以后跟他一起玩，第二，现在马上跟他走。第三，还没想好。

　　陶小明带着我，我跟着陶小明，找到正在玩泥巴的同学们。陶小明拍拍我的后背，再拍拍自己的胸脯，理直气壮地说，以后，杜小甫，跟我一起玩。陶小明深深地吸了一口气，他想把白鼻涕吸入到鼻孔里去。没等他吸完，同学们的泥团就像雨点一样向我们打来。我拉着陶小明的手，催他快跑。他拽掉我，在田间的水渠里，迅速挖出一把烂泥，砸了过去。然后，不顾一切，撒腿就跑。我拼命地喊着，追着他，让他等等我。

　　陶小明跑回青石板上才停下来，我也追上了他。他喘着粗气要求我明天还跟他一起玩。我说,你不等我,我不想跟你玩了。陶小明说,傻蛋,我保证以后不会了。

太阳像一个涨红着脸的少年,高高地挂在天空,天空明净而高远。云霞追赶着微风,澄澈的云端,微风轻轻地跳着华尔兹。屋后的榆树情不自禁,拉着梧桐,邀上知了,与长天,与云霞,奏出了新的一天快乐的音符。我追随着问陶小明,去哪儿?去桃林。陶小明才告诉我。我问,那不是去偷?陶小明说,有我在,怕什么。

半路上,陶小明跑不过我,累得气喘吁吁。我停下来等一会儿他。等他快追上我时,我又加快步子往坡上跑。跑远了。陶小明在后面喊,杜小甫,快来,这儿有桃子。我居高临下地望着陶小明,傻傻地望了一会儿。望着陶小明的身影窜入桃林,我猛地往坡下冲去。后来我一直想,陶小明还是我跑得快,他怎么就先钻进了桃林呢?

偷吃的最坏结果是被抓。我们被一个男人抓住了。男人说,偷东西要坐十年牢。陶小明不信,袖子一抹鼻涕,说,男人真会骗人。男人押着我们去山林队受处分。走了一段路,陶小明一手拉住我,一手指指东边,又指指西边,然后,我们点了三下头,松开手,拼命地朝各自的方向跑去。

到天黑我才回家,灯光下,母亲狠狠地揍了我一顿。

陶小明告诉我躺在青石板上能背出书,他忘了把"咒语"告诉我。我还是背不出古文来,以至于经常挨母亲的打骂。

陶小明,你还记得这些事情吗?四十年后,大富翁陶小明和我碰了一下酒杯,相视而笑。陶小明现在不结巴了。他衣锦还乡,荣归故里,打算在家乡投资兴建几个大型的工业项目。我陪他走遍家乡,却找不到像样的土地。他问我小时候的桃林怎么没了？我说,早没了。我们在一起玩过的地方,一个也找不到了。还有那个"土地公公"呢？他说的"土地公公"就是抓我们的那个男人。

"土地公公"为了保护桃林,跟管事的打架,成了残疾。这么多年过去了,小伙子成了小老头,没有人愿意嫁给他。他的小院子里倒有几棵桃树,我说,我们去看看他吧。

陶小明见到"土地公公"时,他回过头来又向我确认了一下。他已经认不出他来了。"土地公公"叹了口气说,你是陶小明,我认得。我老了,地也没了。地在地下了,地上都建工厂了。猫儿,狗儿,鸡儿,鸭儿,都没地钻了。

好长时间我们没说话。风吹过院中的桃树,有一点声响。陶小明抬眼望了望天,跟"土地公公"说,您还会嫁接桃树苗吗？

"土地公公"听了,一个劲地点头,两眼闪着泪花。

陶小明说,杜小甫,你还跟我一起玩吗？我们的手紧紧地握在了一起。

忘了告诉陶小明,我刚做了城建局局长。

也许,他早已知道。

单曲循环

哇！什么车？法拉利，十五楼的。

十五楼的"法拉利"五十岁差不多。每天早上我都会遇上他。他送女儿上初二，我送儿子上初三。我家的小子与他家的姑娘在同一个学校上学。想当初，为了进这个知名度极高的民办初中，我们已竭尽所能。至于"法拉利"还不是小菜一碟。放学时，我们经常会遇上。有时候，他会按好电梯，等我们一起上楼。忘了告诉你，我家住在十二楼。还有，法拉利这么老，为什么女儿还这么小？难道是婚外情？这不能怪我这么想，我们小区负一楼每天晚上有一对中年男女在那儿私会。

一来二往，认识了法拉利的老婆单玉环。看上去跟法拉利一个年纪，非常般配，标准的中老年妇女形象。我的想法属于错误级别。

单玉环，全职太太。命真好，嫁了个有钱男人。我呢？起得比鸡早，干得比牛累，全心全意为老小服务，命贱如草。工作日早晨，六点四十五分，电梯在十五楼早早地等待。我在十二楼，等不及，幸亏电梯不是人，按一下，它就来到十二楼。这时，十五楼就会准时响起单玉环尖利的催促声。

法拉利年纪大，起得早，早在楼下绅士一样恭候多时。我下楼时，他会从法拉利的挡风玻璃前点头微笑。

一连晴了数日，总算下雨了。一大早爬起来，一看，发现雨没下，阳台上的衣服全湿了。抬头望望，原来是十五楼在浇水。赶上去讨个说法。到了门口，门没关。脱了鞋进屋。这二百多平米的房子找个人都有点困难。叫了几声，无人应。试着打开了一扇门。单玉环突然出现在背后。你干嘛！我惊吓过度，结巴着说，你们的水……水浇下来弄……弄湿了我们

的衣服。我是被单玉环的脸色吓坏的,她一脸怒不可遏的样子。听我一说,她整个人软下来,马上道,哦,对不起,我没有考虑周到,对不起了,下次我会注意的。

真是奇了怪了,那个被我无意闯入的房间,全是男孩子的玩意儿。我想,有钱人就是不一样。

三月三十一日,学校发生了一件大事。几个孩子在一起玩耍,一个孩子拿了捡垃圾用的火钳来玩,失手把火钳踢飞了,火钳垂直插入了另一个孩子的脑干,生命垂危。

这样悲伤的事情难过了很多天,当我渐渐忘记的时候,一天晚上,从超市回家来,单玉环刚好在楼下散步。她叫住我说,你家孩子真厉害。我猜是她看到学校的宣传栏。

她接着说,我家女儿成绩不是太好。现在就知道穿衣打扮。脾气也不是太好,她爸爸应酬多,经常要一起会朋友,有时候,不对她的胃口,就直接走人,弄得我们很尴尬。这个孩子真当教也教不好。平时,在家里,让她做作业,就是坐在那里,动也不动。我一说她,她就顶嘴,扔东西。你说,有什么好的办法呢?

原来是这个事。我在心里想,你们家庭条件好,从小惯坏了。现在长大,想管也难管了。嘴上说,青春期,只能多沟通沟通,多接触大自然。多到外面去,慢慢会好的。

单玉环像个小学生似地点着头。突然,她凑近我,问,那个受伤的孩子怎么样了?

我的心一沉,说,不清楚,估计恢复有点困难,可怜的孩子。

借着路灯的光,她一头微卷的略发黄的头发里有几根已悄悄地露出了白色。

她叹了口气说,我刚听到这件事时,哭了好多次。你不知道,我的第一个孩子也是这样子的。说是头痛,进了医院,进去了,却出不来了。那年他十四岁。我整个人都崩溃了。我妈和我姐,老公都怕我过不去,整天陪着我。后来,有个从安徽来的打工者,已经生了两个女儿,第三个,又是女儿,他们就想着生儿子。打算把第三个女儿送人。我老公就抱回了家。女儿抱来时只有几天,我也不去管她,都是我妈和我姐帮忙养大的。我们装修房子时,老公一定要给儿子留出一个房间来,照着以前他住过的样子,我老公比我还放不下。

单玉环很平静地叙述着,就像叙述着别人家的事。

而我呢?我的手心直冒汗,不知如何开口安慰她。心头突然冒出一句话,法拉利也有忧伤。

她又问,你多大了?我说三十五。她说,现在二胎放开了,赶紧去生。一定要再去生一个。我跟我的小姐妹都这样说,到了四十也要生,真的,去生一个。我很想告诉她。我们没有再生一个的财力与精力,养一个孩子已经够辛苦了。

走过楼道,节能灯自动亮起。路灯把单玉环的影子拉得老长老长。

五月二十六日,收到学校的短信,那个孩子因伤势过重,永远地离开了。泪水止不住地流下来。我有点担心她,单玉环,你还好吗?

电梯上上下下,每天都在那儿单曲循环。

梅花弄3号

路灯

白老三的瓦房建在路边,门前没有院子,只是一条普通的公路,公路边放着一块大石头。公路的两端,找不到灯火。白老三坐在瓦房前的大石头上,粗糙的黑手夹着一支粗糙的烟。白老三吸一口烟,想,这世上的人匆匆忙忙的都往哪儿去呢?当他吸尽最后一口烟丝时,双指一弹,烟屁股摔在大路的中央,还未燃尽,呼啸而过的大车就把它碾成了平平的一块,在马路上,留下一个点。黑点在白老三的眼里慢慢地放大,放大,像一个沉重的影子把白老三压得喘不过气来。

白老三醒过来时,天已经黑了。他有眩晕的病,脑袋经常会疼,刚才是晕倒了。他知道像他这样一个人,不知道什么时候就这样永远睡过去了,永远不会再醒来。白老三小心地走进屋,屋子里黑乎乎的,他打亮了灯,灯光软弱无力。土灶冷冷的,只有水缸里的水是满满的。白老三拿过一只破了边的花边碗舀了一碗冷水,咕咚咕咚几口咽下。他觉得肚子有些发胀,嘴巴淡淡的,就找了点盐巴刺激了一下快要失去知觉的神经。盐入口中,咸中带苦,白老三又喝了几口水。整个人清醒过来,白老三躺倒在床上,仰面望着屋顶。屋顶有一扇方形的天窗,星星跑进天窗,向白老三眨着眼。

看到星星眨着眼,白老三就像看到了秋,秋有一双像星星一样的眼睛。秋躲在薄薄的云里。秋说,三哥哥,你还好吗?白老三说,大娃二妞都到外面去了,一年难得回来一趟。你不在家,饭没人烧,衣没人洗。我天天挑满水缸,等你来做饭呢。秋摇摇头,不行了,三哥哥,你要自己多保重身体,多想想咱们以前的好日子。白老三叹口气,秋啊,人活着不是图个奔头嘛,以前我待你不好,对不起你。要是你能回来,我一定好好待你。秋转过身,消失在云里。白老三呼着秋的名字,跌下了床,惊醒了。白老三的手按在床沿边,屁股磕着一样东西。他吃力地爬起来,一看,原来是一盏灯。

床边有一盏灯,一盏煤油灯。白老三拿在手上,仔细端详,好像从来没有看到过。灯已蒙着厚厚的尘土,黑不溜秋的。白老三找来一件不能穿的的确良衬衫,撕下一片,轻轻地擦去灯里灯外的灰土。一下,两下,灯渐渐地露出了原来的模样。这竟是秋的嫁妆。多少年了,它一直安静地待在床边。

加上煤油,点上火,合上灯罩。灯光熠熠,照着白老三的脸。在这寂静的夜里,温暖的灯光照亮了白老三爬满泪水的脸。

突然,急切的敲门声传来,还带着女人又哭又喊的救命声。白老三冲出去开门。一个女人瘫倒在门口,语无伦次,出事了,出事了。

车子是在离白老三的瓦房不到三十米的地方冲破护栏掉下山谷的,车上五十余人,无一生还。女人是目击者。白老三在一大堆的废墟里看见一双稚嫩的小手。那双手一直在抓着白老三的心,抓得白老三疼痛无比。

暗夜。白老三坐在瓦房前的大石头上,粗糙的黑手夹着一支粗糙的烟。烟火像萤火虫打着灯笼,忽明忽暗,告诉来往的车辆,白老三坐在瓦房前的大石头上。白老三突然掐灭了烟火,跑进屋。没多久,白老三拎出一团柔和的灯火,挂在瓦房前的屋檐下。瓦房前一片亮白,白老三终于裂开嘴,挺直了腰板。

多年后,白老三出名了。记者问白老三,为什么十年如一日地坚守着一盏煤油灯为路人照亮?白老三说,我在等我的大娃和二妞回家来。

渴

梅雨天。我在一家叫"绿茶"的餐厅等一个叫可可的女人。

可可跑进门,脱了外套,里面的内衣紧身,曲线毕露,她是一个很丰满的女人。我拿起杯子,喝了一口水。

今晚怎么有空?可可问。

你最近怎么回事?我反问。

没什么。太阳照常升起,日子照过。可可说。

怎么听说你有事呢?我又问。

能有什么事!都是些鸡毛蒜皮。服务员,来杯绿茶,渴死了。每次饿的时候,都以为自己能吃下一头牛,谁知吃了一半,就饱得不行。可可看着我,有什么话就问吧。

没事最好。像我们这个年纪,也没什么不可说的。先跟你说说我的事吧。你上次跟我说的话,我想通了,也打算好了。生了两个女儿,婆婆嫌弃我。早几天跟老公吵架,婆婆还帮他说话,说别人家的男人吃喝嫖赌日子照样过,他儿子只是暂时丢了工作,天天待在家里哪儿也不去,还不满意,想干什么呢。我能说什么,遇上这样的婆婆,也是这辈子的福气。大女儿马上读高中,我打算不跟婆婆一起住,暂时在学校旁边租一套房子。眼不见,心不烦。他呢爱来不来,随他去,都奔四的人了,管也管不好的。我一口气说完,心里舒服多了,可可的茶刚好上来,她举杯,送给我一个迷人的笑,说,亲爱的,祝你幸福。

可可,还是你懂我。今天听了一个事。说有一个姑娘,天生长了一张笑脸。你说,这不是上天送给她最好的礼物吗?姑娘的工作,在殡仪馆。开始也没有什么不对,后来,领导找她谈话了,说你一天到晚笑眯眯的,这不好。别人伤心着呢,你还乐呵呵。以后改掉这个毛病。姑娘犯难了,这可怎么改呢?天生的呀。可可,天下的事,你说奇不奇?

奇,也不奇。可可说。

我为什么跟可可说这个事呢?是因为可可漂亮,女人漂亮有时候也是一种罪,让男人犯的罪。可可的漂亮就跟那个姑娘的笑脸一样,有点让人犯难。可可第一次跟我说因为长得好,丢了工作。那个满脸麻子的局长给还是临时工的她两条路,她义无反顾地选择了走人。从那天起,我就佩服可可,认为她是值得交往的朋友。我知道,现在的可可还没让男人犯过,但已经到了犯罪的边缘,所以我想把她拉回来。后来才知道,我根本没那个能力。可是,那已经是后来的事了。

可可说,山茶,我很后悔当初的决定。不想再过这样的日子了。无依无靠的日子对一个女人来说,太难了。

可可丢了工作,就去了乡镇企业干后勤,后来,找了个三班倒的老公,生了个女儿。公公早逝,婆婆又体弱多病。一家子收入微薄,老公脾气又不好。喜欢喝酒,喝多了还打人。女儿像可可,初中毕业时,已长得亭亭玉立,高中没读完,跟一个男人跑了。

我问,女儿回家了吗?

可可吹开杯中几片飘浮的茶叶,啜了一口,放下杯子,抬头望向远方。我不知道她看见了什么。然后,听她说道,找到了,关在家里。我跟女儿说,那个男人如果爱她,为什么这么多天都没来找她。女儿大哭大闹,说那个男人有钱,什么都给她买,我们有什么,什么也没有。我打了她,反思了很久。我

知道女儿怨我，没有给她好的条件。老公靠不住，只能靠别人。我不能让女儿再走我的路。山茶，你理解吗？

为了掩饰我的不理解，我拿起杯子多喝了几口水。我说，饭总能吃饱吧，只要有饭吃，都不至于到这一步。

你是饱汉不知饿汉饥。可可反驳道。

菜上来了。有可可喜欢吃的龙井虾仁。

可可边吃着菜边说，过年时，我小姨父来我家吃完饭，坐在我爸旁边，指着那碗大龙虾说，现在谁还吃这个？过年要吃得清淡些。青菜多烧几碗就好了。我爸是个老实人，你知道的，几只大龙虾要我爸两个月工资。见了小姨父他不敢说二话。我的工作是小姨父介绍的，欠他的人情，更不敢吭声。但我心里的鼓已经敲得山响了，那是你们有钱人，天天大鱼大肉吃腻了，小老百姓就指望过年能吃个好的。山茶，你说，这做人有多憋屈呢？

我拿起杯子，想喝水，杯子却见了底。可可呼叫服务员，再来一杯绿茶。可可回头跟我说，别喝免费的白开水，喝茶，解渴。

餐厅的音乐适时响起。

你在南方的艳阳里，

大雪纷飞，

我在北方的寒夜里，

四季如春。

我们哼起了歌，一起碰了杯。刚泡的绿茶有点苦。又有谁能知道，喝茶也能喝出个泪流满面呢？

海鳗

　　王小军有钱的样子就是不一样。王小军到哪儿，哪儿就有一群人跟着，笑着，点着头，哈着腰。于青青可不要看。于青青说，王小军，你别以为你有几个钱就自以为是，就会使唤人。你吃的穿的用的还不都是那些没钱的人创造出来的。王小军听了，不卑不亢，乐呵呵地说，女人家不知道男人们的事，少胡说八道。于青青拉开嗓门大呼，就你能耐，钱眼里过日子，没文化。王小军懒得说话了。

　　王小军就这个脾气，战争从来不会从他的嘴里打响。于青青嗓门一响，王小军马上偃旗息鼓。于青青像个闷炮，看着不响，走过去，冷不丁一个四分五裂。因此，王小军不想跟她多耍嘴皮子。王小军点燃了一支烟，立刻，屋子里朦胧一片，王小军的思绪就在云雾里迷散开来。这娘们到底想干什么？没钱的时候，整天嚷着我没出息，有了钱，有了出息，还是不得安宁。女人呢，可真是世界上最奇怪的动物。于青青还想说什么，王小军不理会，自己也没意思开口了。于青青想，别人家热热闹闹，分分合合，拉起家常来，有说不完的话。王小军不会。于青青想他们生活真像一潭干净的水，水面平坦如镜，水中清澈见底，就是太干净了。

　　新年刚过。一天，王小军下班回到家，于青青就告诉他，刚买的车库租出去了。王小军问，月租多少？于青青说，一百块。王小军的屁股一下子从沙发弹了起来，一百块？二十万的车库，月租一百，白送人家算了。于青青被动地吓了一跳，我看那夫妻俩挺可怜的，大冷的天，抱着一个才两个月大的孩子。王小军说，你菩萨心肠，中国多你几个，就没有穷人了。我已经答应人家了。于青青说完，顾自走入厨房准备晚饭。

王小军的家是一套跃层式的豪华住宅。从二楼的厨房望下去，穿过一条马路，刚好可以看到对面新买的车库。那是一个轿车库，隔一间，也是王小军家的。窗外传来孩子的哭声。于青青向窗外望去。车库的卷闸门打得很开，那可怜的夫妻都在。女人靠着墙壁，坐在一块大石头上正给孩子喂奶。男人从外面过来，双手拎着两块"工"字砖，到"家"时，拿一块砖给正在喂奶的女人搁脚，另一块放在旁边，又从塑料袋中取出一件衣服，给女人披上，女人抬头看了看男人。

于青青看得两眼模糊，用手一摸，手便湿漉漉的了。

于青青回过神来，见了洗水池里的海鳗对王小军说，妈妈家拿来的海鳗再不吃可都坏了。王小军"哦"了一声。于青青说，海鳗你不喜欢吃，我也吃不了这么多，送朋友不行，怎么办？王小军听着不耐烦，说，吃不完的，扔了。于青青舍不得扔，不扔，又坏，腥味难闻。想想，还是扔了吧。

于青青找了只垃圾袋，大段的海鳗很沉。下了楼梯，于青青没有把海鳗扔了，她径直朝车库走去。

你好。

你好。男人一脸的笑。

我家里人不喜欢吃，你们喜欢吃吗？于青青探寻的口气近乎有求于人。

这是什么呢？

海鳗。

没见过。男人接过袋子。这——怎么吃？男人腼腆地问。

清蒸，红烧，都可以，别忘了放点姜。于青青如释重负。

谢谢！谢谢噢！男人欢快地拿着袋子给女人看。

于青青上了楼,哼着歌儿进屋。王小军问,什么事这么开心？于青青说,海鳗呀！王小军还是不明白地问,你真把海鳗扔了？那可要好几百呢。于青青得意洋洋地说,是啊,我扔了,不是你让我扔的吗？

终于找到你

一

手头忙不过来,手机响了。一看,陌生人的电话。不接。现在的电话不是卖茅台,就是卖房子,整天烦个不停。响了好多声,终于搁断。一位同事打趣道,听着烦,还不如接,直接说,没钱。对方马上就会挂机。

没过半分钟,手机又响。一看,还是原来的电话。真有事!接。

喂,你好,请问你找谁?

你好,你是叶建伟的女儿吧?

哦,是的。

你爸在解放路上晕倒了,现在在人民医院。赶紧过来吧。

我爸出大事了。扔下工作,赶到人民医院。

医生说,脑溢血。幸亏送来及时,不然后果不堪设想。

老爸苏醒过来,连我也不认识了。

二

120急救中心。通过查找,找到了好心人。

喂,你好,请问你是朱宁吗?

我不是朱宁。你是?

我是叶建伟的女儿,谢谢你,好心人,救了我爸爸。

哦,你好。我不是朱宁。你爸爸不是我救的。那天,我们急救中心接到了救助电话,说有一位老人晕倒在解放路边。

当时,是我出的车。到了那里,有个女人,还带着一个孩子。那天天还挺冷的,女人把外套盖在老人身上。看到我们,她付了救助费,然后着急着说要送女儿去上兴趣班,就匆匆地走了。

三

休息天,女儿要上兴趣班。天有点冷,听说要下雪。吃好早饭,带着她出门。路过解放路口时,看到一位老人摇摇晃晃,走了几步,一个趔趄,跌倒在地。电视上,手机上,听的看的,这样事太多,心里跟自己说,不管,不要管,不要多管闲事。

骑车经过老人的身旁,女儿大声喊,妈妈,妈妈,老爷爷晕倒啦,老爷爷晕倒啦!你快去救救他呀。

不是妈妈不想救他,万一?

妈妈你不救他,老爷爷会死的。他会死的。

停了车。女儿跑过去。老爷爷,老爷爷。女儿哭了。

立刻掏出手机,打了120。老人的胸前挂着一块牌子,上面写着他的名字和联系方式。

四

各路媒体争着报道这件助人为乐的好事。镁光灯下。

我是叶建伟的女儿。

你好,我是朱宁。

怎么是你?

怎么是你!

好久不见,老同学。

好久不见。

想不到,你还是跟小时候一样,乐于助人。爸爸已经脱离生命危险。我想了很多种办法找你这个好心人,广播、电视、电台、微信朋友圈,今天终于找到你。世界太小,居然是你。真让人感动,你不仅救了我爸爸,还帮忙垫了救护费。我今天特意请了各路记者,一定要好好报道这个事情。现在这个社会,人情冷漠,太需要这样暖人心的事件,正能量的事来唤醒人心中的善念了。

没什么,举手之劳。换了谁,都会救的。

你太谦虚了。这是你女儿吧,长得真可爱。

是的,真真,快叫阿姨好。

阿姨好,阿姨对不起。妈妈不是有意不救老爷爷的,妈妈是怕我上兴趣班迟到。

"啪"一个耳光。

真真你胡说什么。

真真哭了。

等

夏天的黄昏很热。你骂我是个疯子的时候，天下了一场大暴雨。我的心淋在雨里，雨太多，心已泛滥成灾。我不是疯子，我一直记着你曾经许下的诺言。那时，我坐在母亲柔软的膝上，母亲视我为珍宝。你跪在地上，离我很远，遥不可及。母亲问你想不想娶我为妻？你豪言万丈，你说如果你能娶我为妻，一定用金子造一间房子把我藏起来。母亲笑了。母亲笑着把我的手交给了你。后来，我成了你的妻。但是，我发现你的金屋里除了我，还藏着另外一个又一个的女人。于是，我愤怒了。接着，你也愤怒了。

母亲说过，这是一个天大的阴谋，她不该把我嫁给你。我不相信。

秋永远带着萧瑟。咫尺长门，只剩下满院的黄叶，还有一个孤单的我。秋风过处，天有点凉。你真的把我藏起来了，在这座金碧辉煌的屋子里。我天天盼着，等着你能来。"快来人呢，沐浴更衣。"你要来了——这些小贱人都不知跑哪儿去了！我要为自己采摘鲜艳的花，插上云鬓，你曾经说过，这样的我美得动人。寻遍了整个院落，我的花呢？

母亲又来看我。她看着我，泪流满面。她为何哭呢？拭去脸上的泪水，我的手上满是她的泪，放入嘴边，又咸又涩。我吐了几口唾沫，母亲哭得更厉害了。"你是真正的皇后，不应该藏在金屋里。儿呀——"母亲哭着，起身欲走，她长长的衣裙把满院的黄叶分成了两半。

突然记起来，我是皇后，我是你的皇后。我应该在你的身边，陪伴你，照顾你，为你欢喜，替你分忧。我得出去，我要出去，放我出去，门口的侍卫挡住了我。墙门高，抬头只能望着

天。哎，算了，不出去了。我还是寻我的花，你要来了，你要来看我，我要戴着艳丽的花，把自己打扮得更加光彩照人，在门口恭迎你的到来。大树呵，为什么长得那么快，刚还是一株小苗，就长成这么高。难道开不出一朵花来吗？绕着大树，我转啊转啊，一朵花真的从天上掉下来。母亲抢走了我的花，她说那不是花，那只是一片枯树叶，一揉，就碎了。母亲哭着离开，她每次来都是哭着走的。你不仅伤害了我，更伤害了母亲。

冬天来得真快。枝头落尽了最后几片叶子。哪儿飞来的鸟，黑色的羽毛，在枝上叫了三声，"扑"地远行。不知何时，寒风吹开墙门，使我打了个颤。以为是母亲来了，却不是。是你！你来了，你终于来了。我赶忙从地上爬起来，赶紧拂去身上的灰尘，吐了口唾沫在手上，用手理了理云鬟。没有花，我不再美丽，可我还是把你等来了。

你看了我一眼，只一眼。你的眉立刻打了结，你皱眉的样子一点也不好看。你转过身，背对着我。

慌忙跪在地上，我忘了问安。

朕来看看你，马上就走。你的话跟寒风一起向我吹来。

不知该从何说起，什么都想对你说，却什么都忘了。

《长门赋》写得不错。起来吧。

我跟母亲一样，会流泪了。

背后的你，是否与我一样，也在流泪？

朕——走了。百斤黄金换来的《长门赋》，难道只换得你这样一句话吗？

你别走，你别走。让我跟着你，一起走。我拉住你的长袖，不肯放手。你想拽开我。你为何如此绝情。你的手指滴着血，我不想咬你。左右都吓怕了，纷纷跪在地上。你瞪着我，从嘴里逼出几个字来，真是疯了。

春去了，春又回，我老了，你也老了吧。万物复苏，百花争艳。我采了许多艳丽的花，插上云鬓，等你来。我听见你来了。我还听见你说，阿娇，朕来看看你，你还是那么美，美得动人。我多想看看你老的样子。

再次回到你的身边时，我不是你的阿娇，你更不是我的君王。

谁说的？灰姑娘嫁给王子之后，过上了幸福的生活？

绿肥
红瘦

致青春

绿肥红瘦

　　何小强的父亲是个暴发户，母亲没福气，很早就走了。我们上高三时，他才来，一副油头粉面的样子。班主任破天荒地让他跟我坐在一起，全班唯一的一男一女一桌。他只是一个插班生，一个为了混张文凭而虚度光阴的阔少爷。我很少跟他说话，也懒得跟他说话，甚至没有认真地看看他的样貌。他见我冷若冰霜，也不敢搭理我。

　　要不是那件事情，我想，我还是一个没有缺点的三好学生。

　　我的前桌是小胖，喜欢恶作剧。那天，历史老师一脚进门，发现小胖跟何小强在地上相互扭打着。老师叫他们住手时，眼保健操刚刚结束。全班同学一哄而起。我感觉头有点发晕。老师伸手想拉何小强的手臂，何小强手一扬，正打在老师的脸上。小胖乘机打了何小强的胸口。一口水吐在小胖的脸上，那是何小强的。最后，两个人进了办公室，听候发落。处理的结果，让我大吃一惊。小胖一点事没有，何小强却警告处分。更让我大吃一惊的是，事情的原委还是我引起的。眼保健操的时候，小胖把打火机放在我的鼻子下面，想让我中毒，被何小强发现，才惹此祸端。我总想找个机会谢谢何小强。何小强却若无其事，跟以前没什么分别。上课睡觉，下课看看武打书。

　　秋天过了就是冬天。冬天的走廊是风的摇篮，阳光在风中起舞。地理课。内容是恐龙的灭绝。何小强又在睡觉了，我依稀听见他微弱的鼾声此起彼伏。老师问，恐龙是在哪一个纪灭亡的？老师的目光在何小强的身上游走，我顾不得多想，用胳膊肘使劲地想把他推醒。何小强醒时，老师叫了他的名字。他睡眼朦胧地站起来，脱口而出，不知道。于是，老师趁热打铁,语重心长地以何小强为例,给全班同学上了十分钟的思想品德课。何小强站着腿酸,问老师,我可以坐吗? 老师摇摇头,无可奈何。何小强一坐到座位上,对着我笑了笑,轻声地说,我知道恐龙是在什么纪灭亡的。我高兴地反问他,什么纪? 何小强说,孔乙己。我的笑声惊天动地。老师显然有点生气,教学任务不能完成了。他命令我站起来,命令我说说为什么笑。我站着不动,也不开口。老师下了最后通牒,你不说,这课我不上了。你出去,我再上。我毫不犹豫,迅速地离开了教室。背后传来何小强急切的话语,不是她的错,是我不对。老师不耐烦地让他坐下,继续说道,我们接下去上课,恐龙是在哪个纪灭亡的呢? 有哪位同学回答我?

走廊上的风吹得我浑身发麻,可我的心热乎乎的。下课后,老师很严厉地批评了我,还让我写份检讨,写得不好,就不用再上课……

两个学期过去,何小强慢慢地上课不睡觉,下课不看武打书。他有学习方面的问题就问我,我认认真真地教他。他对古汉语特别偏好,这让我更加喜出望外。有一次,他一本正经地问我:弱水三千,只取一瓢饮是什么意思? 我没有理会他,正看《傲慢与偏见》,可一个字也没有看进去。

毕业临近。何小强的成绩全部合格。在离别的那个下午,他总在我的周围徘徊。终于,我忙好了事情,坐到座位上。他头低低的,眼睛却看着我。我假装没有发现。忽然,他递给我一张对折的纸。我的心跳得厉害,但我还是假装镇定地问他,这是什么? 他说,你看了就知道。我轻轻地打开一看,一个字也没有。我问他,怎么?

他的嘴角向上翘了翘,很难为情地问我,能不能给他点时间？当然有,可我没有说。我说,有事就直说。他轻声轻气,没有了往日的理直气壮。

他说:"能不能帮我写份申请报告？学校说警告处分还在,不能毕业。"

我释然,当然行。

我的同学叶雪城

　　我是认识了叶雪城的妻子,才想起叶雪城的。已经好多年没见到叶雪城了。认识他的妻子时,我脑海里立刻蹦出一个念头:叶雪城怎么还没有死? 请不要误会,我不是个坏心肠的人,也不会无缘无故诅咒别人。如果想知道叶雪城为什么到现在还没死的原因,那就听我慢慢地给你说说。在我读小学四年级的时候,班上来了一位新同学。长得很黑,很瘦,头又小,眼睛却很大。老师说他叫叶雪城,刚随家人来到这里。那时,我就喜欢上了他的名字,对于他这个人却不敢恭维。因为他经常捉弄女同学,还与男同学打架。

　　我们的学校建在半山腰,是几间平房,以前是用来炒制茶叶的,所以教室里还残留着灶台。灶台成了叶雪城的舞台。课间休息时,叶雪城跑上山,折来树枝把自己打扮成君主,站在灶台上,命令几位同学做他的大臣,向他行礼。山上的野柿子还未成熟时,叶雪城已像猴精似地在树丛中上窜下跳了。他认为青涩的柿子不用挂在树上,用棉花捂几天也会成熟。

　　叶雪城的调皮捣蛋在全校是出了名的。他会在上课时突然站起来大声说,老师我要小便;会在前座的同学回答完问题要入座时,及时用脚移走凳子;会在书法课上挥舞着毛笔在同学的衣服上画画,还会躲在茅厕的背面偷看女同学的隐私。他什么事都会干,除了好事。最厉害的一次是与小豆子打架,小豆子在医院里躺了半个月。他的妈妈隔三岔五到学校来,我们都认识她,可从来没见过他的爸爸。他妈妈总是义愤填膺说着同一句话,这个孽种,活不过十八岁。有时会歇斯底里地重复一遍:真的,他活不过十八岁。这句话使同学们听了都很震惊。一个人有了死亡的期限该是多么的可怕。老师和同

学们也因了那句话一次又一次原谅了他,毕竟叶雪城到十八岁就会永远离开我们。可叶雪城无所谓,仍是一副我行我素,特立独行的样子。我们也曾对叶雪城的死做出种种猜测,唯一能让自己接受的是他有先天性的心脏病,到了十八岁,他的心脏就会停止跳动。

毕业那年,粉笔盒中的五分钱不翼而飞,叶雪城成了最大的嫌疑人。同学们说叶雪城这次一定要被学校开除了。那时,偷窃的罪名很重。结果是叶雪城不但没有被开除,还做了植物标本兴趣小组的组长。更让同学们不能理解的是叶雪城从教师办公室出来之后好像换了个人似的,整天捧着一本中草药教材埋头苦学,还与同学们一起上山采药。临近毕业时,植物标本获得了市兴趣小组成果展一等奖。

小学毕业后,叶雪城又随母亲去了另一个县城。从此,音讯全无。

再次见到叶雪城时,我几乎认不出他,倒是他一眼就认出了我。他笑起来一脸的肉,拍着我的肩膀说:"老同学,二十年过去了,奇怪吧,我还好好活着呢。"后来,叶雪城就告诉我他没死的理由,就是那五分钱救了他。叶雪城说,那五分钱是他拿的,买了三颗糖。是褚老师把他叫去办公室,给他讲了一个故事,褚老师还跟他说了一句话,一个人的本质变了就无药可救。叶雪城无限感慨地说,那时他才恍然大悟自己真的活不过十八岁。他很害怕,于是他跪在地上请求老师再给他一次机会。叶雪城说,没有褚老师,我一定活不到十八岁。叶雪城问我褚老师的近况,我不禁黯然,褚老师已经在三个月前去世了。

褚老师就是我们上小学时的班主任,教了四十年的书,清贫一生。他能写一手漂亮的粉笔字,而且是用左手写的。他的右手臂的袖管空荡荡的,听人说是他偷了别人家地里的几个胡萝卜,他的父亲用一根竹竿轻而易举地把他的右手臂给打断了。

梅花弄3号

画眉

　　工作像陀螺,快速转动时,连喘息的时间也没有;无人旋转时,倾斜着,就是一小块木头。这时的画眉就是一块无人旋转的木头。仰面靠着工作椅,唉声叹气:"干点什么事吧,老天,我快闷死了。"

　　画眉说这话的时候,一个烟圈飘进了办公室。画眉好像被人抽了一下,立刻叫道:"蔡子房,站住!""什么事呀?""你看看墙上。"来人一脚跨入办公室,一看,果然是蔡子房。他叼着烟,抬头看看墙壁,墙上贴着一张纸,上面写着:禁止吸烟,违者罚款伍拾。画眉洋洋得意地转到他身边,摊着手说:"拿来吧,哥们。"蔡子房双指夹住烟说:"你看,这烟,我还没吸呢。它自己燃烧,不管我事。"画眉知道他狡辩:"好,我掐了它,看它还敢不敢再污染我。"画眉抢了烟,蔡子房就急了:"墙上没这条吧,我的姐姐。"画眉得意地说:"那就一物换一物吧。"蔡子房更急地说:"你抢劫呀!女匪!""你不换,算了,我可掐了。"烟头碰着烟缸,画眉做着要掐烟头的手势。蔡子房哀求道:"好吧,好吧,我的姑奶奶,拿去吧。"画眉拿了钱,邀上同事芷兰,去了单位边上的超市。

　　那支快熄灭了火星的烟头在蔡子房的猛烈吮吸下又起死回生。他仰面靠着沙发,吞云吐雾,睡眼朦胧。办公室一下子又静得只听到时钟的滴答声。

　　画眉与蔡子房所在的部门,有工作时,加班加点,累死累活;没工作时,清闲得会让人发疯。有一次,蔡子房无精打采地问画眉:"你说什么东西最难打发呀?"画眉说:"时间。"他就掏出一根烟,点着,然后说:"一年到头,干着同一样的活,人就像机器一样,太乏味了。想不到,没有工作更难受呀。像我这种人，有了一个槽，再没有勇气跳出去了。"蔡子房说到这里，画眉双手合十说："生活啊，给点颜色吧。哈，我有办法了，你出点钱，我出点力，买点东西，打打牙祭。"蔡子房二话不说，很利索地掏出钱，让画眉打发无聊的时间。

又有一次，科室剩下画眉一个人，蔡子房来了。画眉浅笑一下说："你看外面春光灿烂，可惜呀，辜负了大好春光。"蔡子房调侃道："怎么？动了春心？你说一个男人跟一个女人在一起会发生什么事呢？"画眉白了一眼蔡子房，一脸的不屑："你是谁呀？都快进黄土的人，还想发生什么事！"蔡子房笑了，他坐在沙发上，掏出一根烟，点着。画眉仰面靠着椅背，望着天花板上的琉璃灯发呆。画眉听见蔡子房问她："你说，什么东西最难打发呀？"画眉说："时间。"蔡子房没有再问，漫无边际地抽着烟，烟圈一个接着一个在办公室里荡漾。画眉劫下他的半截烟，恨恨地说："别抽了，我都快变成尼古丁了。还是拿钱来，打发打发时间吧。"蔡子房边掏钱边说："要是钱能打发时间就好了。"

钱是不能打发时间的。画眉再一次让蔡子房掏钱时，蔡子房就泄气了。他说："哎——真无聊呀！"画眉只好换了一种取钱的手段。今天一试，果然还奏效。画眉大包小包地从超市回来。蔡子房不在，他的女儿小萌来了，手里捧着一只鸟，小脸红扑扑的，好像剧烈运动过。小萌看见画眉就急不可待地说："画眉阿姨，这只鸟自己从窗户外飞进来的，被爸爸捉住了。"画眉似信非信："真的呀，这鸟好漂亮。叫什么名儿？"芷兰看了看说："好像是鹦鹉。"

蔡子房回来了，提着个鸟笼。鸟笼是画眉的，以前为了养

一只受伤的麻雀,特意买的。后来,养大了,放飞了。鸟笼本来丢在垃圾箱旁,蔡子房捡去说或许以后还能用。这下,真派上用场了。

小鸟在笼子里警惕地探着脑袋,看着周围的人。小萌用手指碰碰它的头,鸟儿惊惶失措,飞了一下,撞在鸟笼上,站稳,收拢美丽的羽毛。办公室因为有小鸟热闹起来,渐渐地,小鸟似乎也不认生了。

画眉拿了些刚买的饼干,自己咬一口,再咬下一口给小鸟吃。小萌、芷兰还有办公室的小赵老郭小姗也吃着东西,谈论着小鸟的习性,猜测着小鸟不知从何而来。蔡子房仍然坐在沙发上,抽烟,他从来不吃零食。

办公室安静下来。蔡子房抽完第二根烟,对着天花板,自言自语:"我们多像这只鸟呀,整天关在笼子里。"

画眉刚咬下一大口苹果,没来得及咀嚼,听了蔡子房的话,冷不丁囫囵咽了下去。还没有反应过来,就听见外面有人叫:"画眉。"她舒了一口气连忙应声:"谁呀?"原来是老董出差回来。老董走进办公室就问:"这只画眉哪来的?"画眉怔住了:"这只鸟,叫画眉?"老董说:"是啊,就是画眉。"

人间天堂

多年以后，刘水儿挺着锅底样的肚子出现在我的面前。我一个人在一个叫人间天堂的咖啡馆里喝咖啡，听着《高山流水》，不能自拔。刘水儿站在我的对面，等我发现她时，她告诉我，她要嫁人了。这次真的没有骗我。

多情的刘水儿终于在这个春天把自己给卖了，这多少让我有些酸楚。刘水儿曾经信誓旦旦地向我保证，她要在这个多情的春天里把自己卖掉，她还说，最适合"卖身"的地方就是春天的西湖边。我听了毫不客气地对她说，小丫头片子。我想买，可以吗？她说你骗人。我说你才骗人——刘水儿经常骗我，一次又一次。

春天快结束时，夏天还没到。

刘水儿打电话说要带我去一个好地方。我说什么地方。她说人间天堂。我问人间天堂是什么地方？刘水儿说就一个咖啡馆，我问去那儿干嘛？刘水儿说还有没有比你更笨的了，去咖啡馆当然是喝咖啡喽。刘水儿停顿了一下，又说，不过，喝咖啡的是你，我去卖身。我说你去卖身管我什么事。刘水儿说你不是想买吗？我是想买，我只能乖乖地跟她走。结果，我又一次上了她的当。刘水儿没去人间天堂，她去了西湖，去了杨公堤，去了一个叫雨送清波的小苑。快到目的地的时候，刘水儿主动交代了事实的真相，最后，她煞有介事地警告我，记住自己的身份，你是我哥。我结巴着说，什么时候的事，我成哥了。刘水儿亲昵地叫了我一声哥，下了车，我也只能很不情愿地认可了这个突如其来的妹妹。

雨送清波是西湖景区一个小小的门厅，一条长长的走廊，毫无特色可言。比起西湖的水，西湖的绿，只是一个不起眼的

梅花弄3号

点缀。可刘水儿站在那儿,那儿就不一样了。依我看来,刘水儿就是西湖最美的一道靓丽风景。站在廊桥上远眺,西湖一眼望穿。刘水儿无比动情地问我,你听见春风拂过湖面,温柔地歌唱声了吗?我老实地摇摇头。刘水儿说,你看见远处点点白帆,来来往往,相互搏击了吗?我肯定地点点头。湖面上确实有帆船在表演,这个我看得一清二楚……我坐在走廊上,看着刘水儿水绿色的衣裙在我面前飘忽来飘忽去,像湖水似地荡漾。

刘水儿说,西湖真是人间最美的天堂哦。我笑了,傻丫头,地球上没有天堂。突然,刘水儿把食指放在双唇中间,拿眼珠子瞪着我,小心地对我说,听到了吗?听到了吗?我什么也没听见,我笑刘水儿,神经过敏。刘水儿打了我一拳,让我再仔细听听。我躺在走廊的椅子上,闭上眼睛,把耳朵竖得直直的。听了一会儿,我恍然大悟。果然有乐曲声在西湖上空低低地回旋,时断时续。刘水儿很兴奋,问我听见什么了?我有些失望地说,不就是你经常放的那首曲子吗?刘水儿又打了我一拳,称赞我说得非常正确。一直以来,我总批评刘水儿世上好听的歌太多了,为何总喜欢听那首乏味的曲子呢?正在我洋洋得意之时,刘水儿的小帅哥出现了。我完成了一个大哥该做的事情。后来,刘水儿跟小帅哥走了,走廊上,留下孤单的我,听着那首名叫《高山流水》的古筝曲。

后来,我才知道,刘水儿心中的秘密。她说,谁说出那曲子的名字,她就嫁给他……我后悔莫及,为何不在刘水儿问我很多遍时不好好地想想,我当时是多么不在意呀。

刘水儿离开我之后,我喜欢上了《高山流水》,喜欢上了去人间天堂喝咖啡，我想，我在等待什么吧。

多年以后，在人间天堂，刘水儿终于来了。侍应生问："喝点什么？"刘水儿说："一杯人间天堂。"我说："孕妇不宜喝咖啡，来杯珍珠奶茶吧。"刘水儿没有反对，双手开始不停地打架。

刘水儿问："一个人喝咖啡，不苦吗？"

"不苦，多放点糖就行了。"侍应生放上珍珠奶茶。

刘水儿搅动着杯中的黑珍珠问："这些年，过得好吗？"

"好，你呢？——好吗？"想起刘水儿快结婚了，我补充道："祝你幸福。"

刘海遮住了她的双眼。刘水儿无意识地点了点头，说了声："谢谢。"然后又说："这曲子？这么多年了，还是有人喜欢？"

我长长地吁了口气说："好东西不是人人喜欢。"

"也只是好听而已。"刘水儿无奈地笑了笑，复又轻轻地呷了一口奶茶问，"地球上真的没有天堂吗？"

"或许有，或许没有，谁知道呢，都是骗人的。"手机响了，是刘水儿的。刘水儿看了一下，没接。背上包，简单地说声："拜拜"，匆匆而去。

我在人间天堂喝咖啡。刘水儿走了。不知什么时候，天下起了雨。窗外，一片模糊。我掏出手机给一个叫萧萧的女孩子打了一个电话，告诉她，我在一个叫人间天堂的咖啡馆等她。

找我有事吗

她的电话来得很突然，对你来说有点措手不及。你正在为自己准备午餐和给有些咳嗽的孩子煎熬中药。中午的时间非常宝贵，你没有闲暇。在这个不合时宜的时候，她打来电话，似乎有什么重要的事情。

药罐"突突"地顶起了罐盖。你拧小火，问，找我有事吗？她说，好久没联系，最近好吗？她的声音还是脆脆的，像快乐的弹珠。掀起锅盖，雾气弥漫了眼镜，厨房里充满了中药味，你深深地吸了一口气。以前，你不喜欢中药味，可现在不一样了。你又拧大点了火，随声附和地说，还行。停了一下，你又说，差不多吧，就这么过着。"弹珠"很兴奋，问，孩子好吧？想起品学兼优的孩子，你的脸上露出了笑容。你说，还行，不过，最近刚好有点感冒，喝点中药，应该没问题的。她"嗯"了一声，继续着她的兴奋，时间过得真快，我们的孩子都这么大了，想想还是小时候好，有大把大把的时间，想干什么就干什么。现在做什么事情都忙忙碌碌的，一天到晚忙，也不知道在忙些啥。你有些无可奈何，现在你最缺的是时间，而她却在那里喋喋不休。你在心里说她，嘴上却说，是啊，是啊，确实如此。

你的午餐很简单。昨晚的剩菜剩饭，下锅热一热，就这么将就过了一天又一天。你把手机按在肩膀上，边热饭菜边听她回忆小时候的事，时而轻声应和着。直到锅里的水开了，锅盖上聚满了水珠，一个连着一个，成了一条线，滑入锅内。你把手机换了一个姿势，问，今天打电话给我，有事吗？她呵呵地笑着，没什么事，上次在肯德基分别，一直想跟你联系的，却一直没时间给你打电话。你"哦，哦"了两声。你还以为她可能手头拮据，想借点钱周转一下。本想给她一个台阶，让她说出口,想不到,她接着问,李小明回来了吗?李小明是你的丈夫。你淡淡地一笑,说,刚回来。你大约知道她打这个电话的目的了,她是来问李小明的。就听她接着说,我有个同事,她老公也回来了,跟李小明在一起的。她说昨天回来的。你的心一紧,难道她想跟你说关于李小明的事?男人在外,不是什么事都会发生吗?

电话那头,沉默了片刻,说,回来了就好哦。你没有追问李小明发生了什么事,她也没再说下去。她突然又转换话题问,现在还有没有人记得你的生日?

你打开锅,盛了一小碗米饭,拿出两碗剩菜,笋干菜扣肉和茭白炒肉丝,放桌上。没等你回答,她又急着问,现在,还有没有人记得你的生日?你拿起筷子,挑了一口饭,含糊着说,有,有啊。

是谁?她急切地问。

李小明。你装成若无其事地答。

哦——她拖着一个长长的音,说,你真幸福。

你说,昨天就我生日,刚好李小明回家。我还忘记了自己的生日,只想着多烧几个他喜欢吃的菜,你知道,他很挑食,在外面,吃不惯的。孩子长这么大,他从来不给我过生日的。想不到,昨天给我买了一只很漂亮的双肩包回来,说是送我的生日礼物。你说,几百块钱的包,买来有什么用呢。

你说着,吃了一口饭。她知道你正在吃饭,很过意不去。你真的没事吗?你还是忍不住再一次问她。

她的声音突然变得低沉。我很难过,这么多年,没有祝你生日快乐了。你听见一颗弹珠慢慢地回到了地面,慢慢滑动,

停了下来。

别难过，我也一样。我也忘了。谢谢你还记得我的生日。你突然明白了。她的生日刚好是今天。她比你小一天。祝你生日快乐。你连忙补上。

谢谢……电话那头很长时间没有回音。

小时候，她的绰号叫小麻雀。她是个直爽的人。今天一点儿不像她的性格。你感到她一定有事，再也不能敷衍。于是，你放下碗筷，再次问她，你真的，真的没事吗？

电话那头久久才说了一句话，我们不要忘记自己，好吗？

女朋友

吴芳菲跟我的关系是同事。

吴芳菲像什么呢？我一直琢磨这个问题。她像一条鱼，关在十七层楼的鱼缸里，一动不动，睁着眼睡大觉，嚷着无聊啊无聊。她是一条不会游泳的鱼，我希望她学会游泳，游到我的身边。可吴芳菲说，不会游泳的鱼还能算鱼吗？她又像七月的雨，说下就下，说停就停。雨从天上落下来的瞬间，我伸手想接住她，她却溅起几个水花，立即消失得无影无踪。西楼小雨淅沥，东楼阳光普照的那天清晨，我望着窗外，轻轻地吟着，东边日出西边雨，道是无晴却有晴。她嘻嘻哈哈，问我念的哪门子经。

再次声明，吴芳菲是我的同事。至少现在是。至于将来，将来会发生什么，谁也不会知道。我这样关心一个同事，你一定会认为我对她有意思。说真的，我自己也搞不明白。我只是一直想这个问题，这个吴芳菲到底像什么呢？

办公楼里，年轻的职员们，天天关在一个空间，不知道热气腾腾的天。一年四季，就像养在温室中的花草，没精打采。一个清晨，太阳已经升得老高。吴芳菲垂头丧气地告诉我，身体不太舒服。只要你愿意，我可以帮你治病。我说这话时，她那白皙的脸上立刻有了红晕。我转身去了一下办公室回来，说，走，跟我走，帮你治病去，去锄草。吴芳菲一听，锄草？能治病吗？我说，当然能。吴芳菲得了宝似地抢走了我的锄刀，吵着要去锄草。我看看吴芳菲的打扮，细高跟凉鞋，波西米亚吊带长裙，叹口气，摇着头说，吴芳菲，可惜你不适合锄草，还是乖乖地待在办公室里享受冷气吧。吴芳菲不是那种听话的女子，她不管，她骂我说话不算话，不像个男人。她挥舞着锄

刀,呼朋唤友,大张旗鼓地说要去锄草。她的病似乎一下子好了许多。

　　厂区内有一个花坛,因为生得偏僻,很多年没人打理,所以荒草丛生。花坛四周种了一点灌木丛,稀疏的几株,里面除了草,什么也没长。吴芳菲站在花坛外,微风吹来,长裙轻轻地飘动,她像一只花蝴蝶在我的眼前飞来飞去。

　　吴芳菲弯着腰,双手紧紧握着锄刀,刀子钻入泥里,一株小草被她挖了出来。她翘着兰花指,不想让泥碰着她的手,用拇指与食指拾起小草放到我们早已堆成一堆的草堆里。草根扎入土里,吴芳菲使劲地用刀挖着草,后来,干脆扔了刀,拔出一株草,出现了一个坑,她抖落泥土,像欣赏一件艺术品,看了好久,才惊讶地叫着,想不到这小小的草,根系这么发达。

　　花坛边的草很快锄完了。吴芳菲小心翼翼跨入花坛内。她细长的鞋跟马上扎入泥里,险些跌倒。我劝她回去。她笑着说,这样更加立得住,站得稳喽。看着别的同事手脚麻利地一眨眼锄去一块,吴芳菲连眼都不敢眨了。她瞧了一会儿说,你们把根留在地下,没多久又会生出来的。不是有个成语叫斩草除根吗?你们应该像我学习,连根拔起。同事们都笑了,像你这样锄草,锄到猴年马月呀。而且,斩草除根了,以后还有什么机会再来锄草哟。我听了"嘿嘿"地笑。七月的太阳热情异常。吴芳菲擦擦脸上的汗,红通通的脸上涂满了泥巴。吴芳菲锄草不是蹲着的,而是站着的。那条长裙不允许她蹲着。一株草又被她拔了出来,顺便带出了许多泥,坑也越大了。泥抖落下来,打在她的脚上。她拼命地抬着脚,想把脚趾缝的泥甩掉。

花坛里的草还没除尽，吴芳菲就逃之夭夭了，她是被一条蚯蚓吓跑的。

我们拔的草叫稗草，很难锄。拔的时间长了，手会红肿，起泡。小时候老家的田地里有这种草，我玩过。后来，离家，求学，工作。一直没有碰过它。

下班时，吴芳菲来找我，说祸不单行了，手好疼，都起泡了。她骂我没有脑子，说我们这帮人真是傻蛋，冒着高温酷暑，没事找事，干那劳什子事。我的头点得像小鸡啄米，是是是，是傻，是蠢。吴芳菲满腹委屈，想不到锄草这么辛苦，一点儿不好玩。还说能治病，看看，我一年的汗都流完了。

流汗的感觉不好吗？看你现在讲话的神气，病不是好了。我反问。

吴芳菲呶呶嘴，没好，还没好！这个病越来越严重了。说完，她气呼呼地走了。看着她的裙子上那些泥土印渐渐变得模糊时，我又想那个问题了，我突然明白，吴芳菲就像一株草，一株小草。开始的时候，她在我的身上一个劲地疯长，扰得我心神不宁，现在，她不长了，她停止了生长。那以后呢？

当天晚上，吴芳菲打电话给我，说她在医院，让我马上过去。她发高烧了。

高山流水

　　苏小离上班的第一件事情是打开电脑，打开音乐盒。在她的音乐盒中，只有一首乐曲，一首《高山流水》。记不清有多少日子，苏小离在这首曲子中过完了一天又一天。同一办公室的余子应有一次终于问她，为什么老是听一首歌？为什么总要在一棵树上吊死呢？苏小离杏目圆瞪，你知道什么？你知道我在等什么吗？因为苏小离喜欢《高山流水》，所以当余子应劝她别在总经理的面前放歌时，她总摆出一付无所谓的样子。总经理跟余子应谈起过这事，余子应扯开话题说，苏小离工作出色，就是喜欢听一首歌。总经理拍拍余子应的肩膀说以后注意点。余子应知道总经理的意思，他一想到苏小离，就提不起声音，他清楚，苏小离的音乐盒他舍不得关。

　　很平常的一天，有太阳，没有风，干干净净的午后。苏小离在办公室。余子应懒洋洋地甩下一大堆的文件对苏小离说："苏小离，你这歌，我听了怎么想睡觉呢。"余子应说完，卧进沙发里，准备休息，一会儿，他又坐起来对苏小离说："苏小离，听起来感觉有些味道，这首歌叫啥？"苏小离对余子应这种截然不同的说法不屑一顾，她勉强挤出一个笑容，假装很认真地问余子应："听说你属牛？"余子应连忙问："是啊，怎么？有事？"苏小离捂着嘴巴边笑边摇着头说："不说了，我可不想对什么弹什么的。"余子应随手拿起一本工作笔记假装着想打苏小离的时候，外面有人敲门，进来一看，不认识。介绍之后，原来是新来的客户，肥头大耳的样子，挺像苏小离电脑里的QQ宠物。这是苏小离后来说的。"宠物"坐在沙发上，沙发被他挤得喘不过气来。谈完了工作，"宠物"起身告辞，他握着余子应的手对苏小离说："您这首歌好听。"苏小离满面春风地道了声谢。"宠物"又说："在茶楼,这样的歌很多。"苏小离的脸上虽然还挂着笑,心里却不是滋味。不过,很快,她就对余子应说,那个新客户就是她电脑里的QQ宠物,想怎么整就怎么整。余子应苦着脸求她,你可别把他整死了。苏小离说,整死了活该,谁叫他污辱了我的曲子。

单位新来了一位大学生,叫高峰。高峰上班第一天,就上余子应那儿报道。那时的苏小离正在登记"宠物"的销售订单,余子应答应她先让"宠物"交200万的押金,一般的客户交一半就足够了。高峰办好手续,对余子应说："这古筝曲太美妙了,真是百听不厌。"余子应终于明白,原来那不是歌,是曲,还是古筝曲。苏小离的神经好像被什么东西撞了一下,她抬起头来,看了一下高峰。苏小离的眼里,分明有一种叫秋波的东西在暗暗地浮动。

后来,苏小离结婚了。后来,苏小离辞了工作。后来,苏小离又生了孩子。余子应看着她一步一步离自己越来越远。余子应想,一切都结束了。痛苦往往会随着时间的流逝一点点地减弱,直至,没了痕迹。人,或许这样,才能坚强地走完一生。

三年后的一天,有风,没有太阳,百无聊赖的午后。苏小离突然出现在余子应的面前,一副零乱不堪的模样。苏小离什么话也没说,旁若无人地抱住了余子应,"呜呜"地哭个不停。办公室里,另一位看上去很年轻漂亮的小姐,被这突如其来的一幕,吓得瞪圆了眼睛。后来,苏小离对余子应说,子应,我回来工作了,再也不听高山流水了。余子应尴尬地笑了笑,然后走过去,给苏小离做介绍,这是我女朋友,叫小莲。小莲,

这是我以前的同事,叫苏小离。苏小离这才发现还有另外一个人,还是余子应的女朋友。苏小离进一步发现,那个叫小莲的电脑里正在播放她曾经痴迷多年的古筝曲《高山流水》,那是她使用过的电脑,别人正在使用中。

你好，多头

多头就是多余的人。

多头回来时，围墙上已经爬满了浓绿的爬山虎。围墙里面有一排松树，树不高，刚越过墙。从东面往右数第三棵是多头跟我一起栽的。每天，我都会带着孩子经过那堵墙，看见那棵树。我告诉孩子，那棵树是我跟一个叫多头的人栽的。爬山虎爬满了墙，爬到树上。树还是那棵树，刚越过墙头。

多头回来了。他还活着。

我没事时会摸摸自己的手掌。我的手掌上有一个小黑点。小黑点与多头有关。看见小黑点，我就会想起多头。

多头上面有三个哥哥，两个姐姐。因为父母的一次意外，多头被她娘生了出来。多头爹说，小崽子，打也打不掉，早知道这么不像人，就应该把他弄死。多头生下来，他爹把他丢在柴禾堆里，一昼夜，没人捡。他娘舍不得，含着泪，抱了回来。东丢丢，西丢丢，丢到九岁，才入了学。小学六年，多头闯的祸不计其数。他娘把泪都哭干了，实在没有法子，请算命先生排了一下八字。算命的掐指一算道，这孩子活不过十八岁。他娘欢天喜地地上了好几天香。

上了学的多头，跟我坐在一起。我的身上经常青一块紫一块，老师告诉我的父母，我受伤，是多头不小心，是意外。其实，我知道，多头是故意的。多头是立着的一挺机关枪，想射谁就射谁。没有同学敢跟多头同桌，除了我。我是学习委员，不同意咋行。

多头花样经很多，能编出各式各样无理取闹的理由，追赶同学，跟同学打架。多头打架的第一个动作就是捋起袖口。他的左袖口一年四季卷着，他的右袖口一天中卷起翻下好多

回。卷起打架,翻下擦鼻涕。多头的嘴上经常挂着两根银白的鼻涕,两只手好像永远洗不干净。他举起右手臂,很用力地在袖口上擦一下鼻涕,然后,倒吸一口气,跟我说,把橡皮给我。他从来不说个借字。

同学们都讨厌多头。我也不喜欢多头。可多头一定要我喜欢上他。我们学校后面有一座大山。山上有树,有花。多头采来很多松树枝,松树上有很多树瘤子,多头找来柴刀,把树枝劈成直直的档,采来的树枝和野花挂在档上,一座花轿就成了。多头扯上我,逼着我,跟他成亲。我不顺从。他鼻涕一抹,脸一横,威胁我,别敬酒不吃吃罚酒。我像一只受了惊吓的兔子,使劲挣扎,脱离了他,边跑边哭边喊,我从来不喝酒的,我不要喝酒,我不要喝酒。多头追上来,一个劲地叫,别跑!别跑!再跑,饶不了你。我拼命地逃,多头像一只饥饿的大灰狼,拼命地追。快停下来,再不停下来,有你好看。还跑——好了——好了,不让你成亲,行了吧。我终于停下来,双腿一软,蹲在地上。多头跑到我面前,喘着粗气,一把抓住我,拉回原地。我斗不过他,如了他的愿。

在与多头无数次的赛跑中,我在前面逃,多头在后面追。这样子,多头追了我五年半。读六年级下册时,我们换了新校舍。

多头放弃追我,就是因为我手掌上的小黑点。

那是一堂数学课。老师问,三乘以七是多少?多头在睡觉。多头醒了回答,二十八。哄堂大笑。我也笑。多头拉住我的小辫子,拉得我头皮发麻,拉得我哇哇大哭。我拿着铅笔想阻止,多头手一搋,笔尖插进了我的手掌。

我的右手不能写字，疼了许多天。

植树节到了。我的手还不能出力。多头帮我一起，植了一棵树，松树。从东面往右数第三棵。

多头不再追我，他开始追另一个同学。多头一天到晚地追人，拼了命地追，我们都怀疑他天生就是为了跑步而生的。直到毕业前夕，多头终于跑不动了。

小学毕业后，我再也没有听到关于多头的任何消息，只是手掌上的小黑点让我时常记起有个同学叫多头的。有同学说，他治好病，外出打工去了，有的说，可能多头早没了……

松树越过围墙时，多头回来了。

多头与我是在送孩子上学的路上碰到的。我们来到松树下，树不高，刚越过围墙，树上长满了树瘤子。多头伸手抚摸着树瘤子，一个一个，他好像回忆着什么。我抬起头，发现树梢好高，在天空中轻轻地摇晃。

有一个小男孩，他生了一场怪病。脚踝头长了个瘤子，不能下地走路。医生说治不好。他住在医院里，每天对着天花板等待死神的降临。有一天早晨，老师去看他。推开一扇窗，窗外长着一棵松树。树上长满了瘤子。因为那棵松树，小男孩的病奇迹般地好了。这个小男孩就是多头。多头说，没有那棵松树，他活不到今天。

诱惑

萧叶倚着窗栏,望着大街上来来往往的红男绿女,心中的花骨朵就急着想开放了。萧叶有一头乌黑亮丽的头发,曾经是她炫耀的资本,现在却经常被人取笑,好像黑发不染就不是个人似的。萧叶一直以来为此烦恼。妈妈说染发的人没一个是好的,那些人都禁不起诱惑,自甘堕落,妈妈还说染发的人都不是正经的女人。这成了萧叶头上的"紧箍圈"。萧叶看着大街上的不正经的人越来越多,想变成不正经的欲望就愈来愈强烈。

萧叶想染发了。看着川流不息的人群,萧叶沉思良久。飘逸的直发,浪漫的碎发,性感的卷发,在萧叶的脑海里翻来覆去地跳跃着。萧叶就有了想把它变为现实的冲动。萧叶想,妈妈的话也不一定是对的。

第一次,萧叶走进"纤手"美容美发名店。一位站在门口的女服务员笑容可掬地迎了上来,一下子,店内十几双眼睛齐刷刷地看着她。萧叶羞得满脸通红。萧叶马上就有点儿后悔了,妈妈的话是对的。萧叶就害怕了。当服务员问萧叶是不是来做头发时,萧叶连头也不敢抬起来,压低着嗓门说,不是做头发,是想剪头发,发梢太长了,想修理一下。萧叶这样说了,心就平稳了许多。服务员二话没说,引着萧叶来到洗发区。洗发小姐给萧叶做干洗。小姐很随和,对萧叶的头发赞不绝口,说现在像萧叶这么好的发质,几乎没有了。萧叶知道洗发小姐话中有话。快洗完时,小姐以二十万分的坦诚告诉萧叶,她的头发上点色,做个卷的会很好。萧叶又想起那一双双不可名状的眼睛;又想起了妈妈的话,萧叶不敢了,萧叶说今天没时间,下次吧。小姐没再说什么,领着萧叶来到剪发区。

　　萧叶在镜子里看见了美发师。美发师的头发像刺猬。不过，比刺猬好看多了。萧叶想这就叫酷吧。美发师也在镜子里打量萧叶，足足看了一分钟才开口说话，他说萧叶的头发略显老气，没有个性，给她换个新的。萧叶的发型是传统的中国式：额头光光，后面一条马尾。萧叶刚想说些什么。美发师先下手为强，不管萧叶同不同意，就给萧叶剪了一层错落有致的刘海。萧叶看着自己的德性，哭笑不得，像个傻姑娘，一点儿不美。萧叶有些委屈，有点儿难过。萧叶就提出意见，这头发遮眼。美发师说，别急，要的就是这种效果，不要把头转来转去，我给你做个卷发。你长得这么漂亮，做上这个发型一定很出彩。萧叶赶紧解释不做卷发的。美发师拿起离子烫说，一次性的，我给你试一下。不喜欢，再洗下头就没了。

　　萧叶没有再说什么，看着美发师娴熟地操作着，一次一次，真是慢工出细活。快完工时，店内的人经过萧叶身旁时，都会站着看一会儿，萧叶突然发现，自己不认识自己了。最后，美发师很惋惜地说，要是上点颜色就越棒了。萧叶对着镜子里的美发师温婉笑了笑。

　　美发店门口的梧桐叶晃晃悠悠飘飘然随风而舞。萧叶付了钱。刚要出门，美发师走到她的身边，对她说，你如果觉得你的发型好，或者说你的朋友觉得你的发型好，欢迎你们来做个卷发，上个颜色。我给你们打个折。萧叶说，好嘞。

　　萧叶走在大街上。大街上，人来人往。

梅花弄3号

丢失的烟头

　　情人节的晚上是会发生点什么的。当雪狐遇上丢失的烟头,雪狐就不再是雪狐了。

　　雪狐是我给她取的昵称,因为我喜欢这个名字。我跟雪狐认识五年,她在北方,我在南方。我是她忠实的听众,她把我当成隐形的知己,无话不说。雪狐喜欢在午夜的网上,游来荡去。北方下了一场雪。雪狐发给我一条信息:情人节快乐,猎人。我问,谁是猎人?猎人可从来都是狐狸的天敌呀。雪狐说,我说的那个猎人是一个不会打猎的猎人,你遇到过一个不会打猎的猎人吗?

　　雪狐发给我这条信息之后,丢失的烟头就出现在雪狐的QQ里。

　　我所知道的关于丢失的烟头的一切都是雪狐第二天告诉我的。老实说,我一看到雪狐发过来丢失的烟头这个网名时,就对这个网名很感兴趣。丢失的烟头,应该是个男孩子,雪狐发给我第一条信息。

　　烟头有一个不幸的家庭。父亲在他刚学会开口叫爸爸的时候,跟一个姑娘"勾搭"上了。这是她母亲的原话。母亲容不下这个事,也出不起这个丑。离婚这个现在看来比之乎者也还要频繁出现的词在二十几年前可是天大的事。母亲把父亲送进监狱之后,走了。烟头是扔给父亲的。烟头在街头小巷四处流浪,饿的时候,回家扒几口冷饭,幸好家里还有一个奶奶,虽然奶奶年纪大了,老眼晕花,但还能烧半生不熟的饭菜,使烟头不至于饿死街头。父亲两年之后出狱,三年之后又结婚。烟头的生活没有改善,相反,他经常夜不归宿。家里有不想见的人,有不想听的话。

　　烟头走上了不归路,成了社会上的一个小混混。混混里的大哥教他喝酒,让他抽烟。喝酒没学会,烟却抽上瘾了。后来才知道,那烟不是一般的烟,里面有毒。直到有一天,父子俩在派出所里面对面地坐下来,烟头的父亲才知道事情的严重性。烟头是偷了别人家的东西被抓进派出所的。烟头涕泗纵横。管事的告诉烟头的父亲,你的儿子毒瘾上来了。

钱真是个好东西。父亲用钱把烟头犯下的事摆平,然后,把烟头送进了戒毒所。出来之后,父亲的压制,母亲的探望,奶奶的去世,烟头就只能整天咬着一个烟头,过过瘾。

雪狐又打过来一段话:从来没有人如此真诚地诉说自己难以承受的往事。丢失的烟头就是一个不会打猎的猎人。小的时候,是父母让他成了丢失的烟头;长大了,是自己让自己成了丢失的烟头。现在,能把这个烟头丢得远远的吗?

我:烟头本来就是没用的,该丢弃的。谁还会在意一个丢失的烟头呢?

雪狐:我在意,很在意。你知道,我也是一个受过伤的人。

我:对不起。

雪狐:这没有什么对不起的。

我没有回复她。

雪狐:你会抽烟,是吗?

我:对不起。

雪狐说,如果难过,就抽一根吧。虽然我很讨厌烟味,但我并不讨厌你。

雪狐打字的速度很快。我就这样看着电脑屏幕上那一行行熟识的文字,无言以对。手上残留的只有一个烟头,在我的食指和中指之间。

是种子就应该发芽

绿肥红瘦

　　三十年前,种子散落在一块贫瘠的土壤中,她以为她的样子就是小小的一粒微不足道的种子。种子只是一个在路上捡到别人丢弃的一个符号而已,没有含义。三十年后,她的眼泪告诉她,水可以让她发芽,眼泪的分量太轻了,根本不能满足种子所要的水分,只能用很虚弱的声音告诉种子一个真相:是种子就应该发芽。土壤有了水分,种子就会在土壤的温柔乡中,生根,发芽。

　　从这一天起,种子有了期盼。种子不是不知道自己是一粒种子,种子清醒地知道,她的名字叫种子。她只是没有想到,长大的种子还有很多很多的名字,还会开花,还会结果。这个惊喜的发现,让种子颤抖了很久。

　　静下心来,种子又苦恼了。她生活在沙漠中。

　　那是一个干涸的沙漠,种子不敢露出地面。因为种子怕一抬起头来,那颗蠢蠢欲动的心,那心里澎湃的热血会被炙热的阳光吸尽,她就没有再复生的一丝希望。哪怕那个希望只是一个失望,甚或是一个绝望,也在所不惜。她在等待,努力地等待,等待那个能解救她突出重围的水早日出现。

　　灰头土脑的种子已被干燥的土壤捉弄得面目全非。她无可奈何,彷徨在暗无天日的土穴中,苦苦地挣扎。土壤中的恶魔们时时都在打种子的主意,都想把她占为己有,生吞活剥。他们让她干最重最脏的活,让她没有喘息的时间想别的事情。恶魔说,你没有享受时间的权利,你的时间是我赋予的。恶魔们知道,只有让种子忙碌地工作,才不会胡思乱想,才不会发生什么意外。种子已从无休无止的埋怨,过渡到深度昏迷状态,继而变成一具行尸走肉。她每天搬起石头砸自己的脚,干得比牛多,吃得比鸡少。功劳大家分,罪恶一肩挑。种子累得趴在土里,深陷其中,难以自拔。她泪雨滂沱地岂求老天开开眼,下一场雨吧。种子的泪落入土里,马上被土吞没,消失殆尽。种子瘦得只剩下一张皮,还有那等待发芽的胚子。

种子发疯了。发疯了的种子,东奔西突,她滔滔不绝地自言自语,水啊,水啊。恶魔们再也不去打扰她,谁还会跟一个疯子计较什么。种子终于闭上眼睛,在穴中,睁眼与闭眼没有差别,而种子总把眼睛睁着大大的,虽然什么也看不见,但她的心是亮的。三十年,一粒种子徘徊在生与死的边缘,她只是想发芽。

弥留之际,种子拼尽全力,曝露在青天白日之下。

沙漠中,一个八十多岁的干瘪老人,仰天长叹,五十年没下过一场雨。这雨下得真是奇,烈日当空,暴雨如注。没有人会知道,那是种子感动了苍天。

种子享受着阳光雨露。一夜间,沙漠成了绿洲。

春天在哪里

春天

　　我叫春天,外庄人。听说里庄出了一个英雄叫吴三。听说事情是这样的。早两天,河道里结了冰,冰上还落满了雪。公共汽车在雪地里不小心,轮胎打滑,落入了河道,跌进了冰窟窿。说来也是巧,这天的公共汽车上人少,因为是最后一站,只剩吴三和一个女司机。吴三奋不顾身,救出了女司机,自己却光荣牺牲了。开追悼会的那天,里庄的人,县里的新闻媒体挤满了大堂。里庄的人抹一下眼睛,说,吴三啊,老光棍吴三啊,做人都没做过,就这样走了,太可惜了。

吴三

　　我叫吴三,里庄人。从第一眼看到她,我就知道她就是春天。那眼睛,那鼻子,那嘴儿,还有那头发,光滑如丝。没错,她就是春天。唯一让我想不通的是,春天什么时候当上司机了?春天离开我之前,可是在里庄最豪华的"喜洋洋"大酒店当服务员,我就在那里认识她的。

　　在"喜洋洋"工作的服务员有个规矩,客人有需要,服务员就要陪客人喝酒,就只喝酒。那天我喝高了,去卫生间出来,撞上了一个服务员,我定睛一看,看见一朵桃花在我的眼前盛世开放,我就想把她摘回家,插在花瓶里。我的花瓶大得可以养金鱼,可为啥连一朵花都插不了呢?一个哥们说我太有钱了,所以找不到女人。这是怎么了?我没钱时,他们说,有钱才能找到女人。现在有钱了，我找了十年，还是没有找到一个自己喜欢的女人。看到春天，我就喜欢她了，我觉得她就是我喜欢的女人。可是，春天说，她已经结婚了。结了婚，我就不能找春天。可我还是很想她。于是，我天天去"喜洋洋"，点名让春天做我的服务员，陪我喝酒。春天酒量很大，每次我都喝得烂醉如泥。我喝醉酒后，脸上会出很多汗，春天会拿热毛巾给我，让我自己擦汗。一次，春天把热毛巾递给我时，我把她的手抓住了，热毛巾掉在地上。春天划破了我的脸，挣脱了我的怀抱，逃跑了。我从来没被女人打过，酒清醒了大半。我非常生气，暴跳如雷。餐厅主管一个劲地向我道歉。吴老板，对不起，对不起，她刚来，不懂规矩。

女司机

　　我是女司机。刚知道那个英雄叫吴三，我真是对不起他呀。以前我也认识他，可一直不知道他姓啥名啥。他每天乘我的车，每天坐在最靠前的位置。有一天，我问他为什么总坐在前面。他说，就是喜欢呗。出事之前，我很讨厌他。他总盯着人家看个不停。开始的时候，没注意。等注意了，又问他，为什么总盯着人家看。他说，就是喜欢呗。再后来，跟他同乡的人告诉我，要小心他的，老光棍了，又有钱，怕是看上你了。我不信。出事这天，他坐在我后面，像个小孩似地在反光镜中盯着我看。我朝他笑笑，他也笑笑。不理他，他仍然盯着我看。等车上的人渐渐地少了，就剩下我们俩了。吴三突然拉住我的头发。我有些害怕，就说，你想干什么啊？吴三说，没什么,就是喜欢呗。我一分神,汽车就冲进河里了。

吴三

我叫吴三。再一次看见春天是在离开里庄去往外庄的路上。春天戴着白手套,招呼着公交车上的乘客下车。公交车身后拖着一条黑色的尾巴,看样子是车子漏油了。我的车绕过公交车,正想发动时,又退了回来,我找到春天了。我跑出车门,奔向春天。春天,春天,我叫个不停。春天好像没听见。我跑到她面前叫着她,她才抬头看了我一眼,说,你认错人了。你就是春天。我不会认错的。春天就是不肯承认。从此,我就跟着春天的车子,不坐宝马,坐公交车。如果不出意外,我一定要把春天追到手。

春天

我叫春天。我看到了英雄吴三,电视上刚播放了吴三的先进事迹。竟然是他,那个经常来"喜洋洋"的男人,那个让我丢了饭碗的男人,竟然成了英雄。电视画面上女司机流着泪,感谢吴三奋不顾身,救了她。吴三躺在花丛中,周围人潮涌动。

关上电视。我打算去镇上买点蔬菜。父女俩快回家了。

冬无雪

唐古拉的秘密

冬无雪

我的父亲不是一个安分守己的男人，有一年他离家出走了。母亲没过半年，也改了嫁。我随母亲。大专毕业后，我在继父的复印店里帮忙。唐古拉就在这时闯入了我的生活。他第一次来复印店是九月一日，刚开学的那天。我记得白天的生意特别好，唐古拉是趁着夜色来的，在我准备关门时，他气喘吁吁地跑进来，额上布满了汗珠。他喘着粗气从包里小心翼翼地抽出一张8K的试卷，问，这个复印一份多少钱？我说，两元。他考虑了良久，才伸手擦一下额头，说，谢谢，复印一份吧。

我打开复印机，唐古拉递给我一份试卷，整洁的页面上都是红勾勾。他的脸上有几颗青春痘正在发芽，微翘的上嘴唇，似乎有话想说，却始终没有说。一件泛白的T恤，干净而朴实无华。

我很奇怪。这是一张满分试卷。一个个红勾勾就是一个个胜利的号角。唐古拉为什么要复印已经做过了的试卷呢，而且在开学的第一天？带着疑惑，我故意看了下试卷上的姓名：唐古拉。我禁不住笑了，你的名字真奇怪。唐古拉一下子红了脸，是么，这名字是妈妈给我取的。是不是想到了唐古拉山脉？我点了一下头。他又说，唐古拉山脉在藏语里的意思是高原上的山，在蒙古语里是雄鹰飞不过的山。唐古拉说着，露出一口洁白的牙齿，在我面前熠熠生辉。我忍不住又问，干嘛复印这个试卷？唐古拉笑而不答。复印的时间只是一瞬，很短暂，留下的痕迹却是长久的。随着时间的涂抹，痕迹越来越深，越来越大。

唐古拉走了，又来，来了又走。他真是一个了不起的人，经常考满分。渐渐地，我也有了我的秘密。多少天之后，我终于鼓起勇气拨通了李小田的电话，告诉他，我想跟他一起去上夜大。李小田在电话那头激动得说不上话来。

唐古拉很快发现了我的秘密。他鼓励我好好学，有什么不懂的地方可以问他，并答应帮我找一些工具书。我说，工具书已经有人帮我找了。他问，是谁？我说，这是我的秘密。如果你想帮我，那就允许我多复印一份满分试卷，一份给你，一份给我，至于复印的费用就免了。唐古拉不同意，他说，试卷可以给你，钱还是要给的。我问他这是为什么？唐古拉沉默了一会儿，丢下一句话，匆匆地离开，像永远也不会回来。他说，我妈说，做人都不容易。冷冷的屋角，逼仄进一丝阳光，照在我的身上。李小田约我晚上去他家玩。

唐古拉已经有好几天没来复印试卷了。他消失了，我再也没有看到他的影子。生活在忙忙碌碌中过去。每次拿到8K的纸，我就会想起唐古拉的试卷，然后又会想起唐古拉，心中竟有一份淡淡的失落。

直到有一天，唐古拉拿着毕业证书来找我。我们坐在公园的长椅上，他说要讲一个故事给我听。

有一个小男孩，曾经有个幸福的家庭。小男孩七岁的时候，父亲不幸病故。母亲整日以泪洗面，满腹忧愁，变得不会笑了。小男孩上学了，成绩很好。第一次拿着一张满分试卷回家，母亲看着试卷，露出了难得的笑容。小男孩看见母亲的笑容，自己也很开心。于是，从那天起，他就暗暗地发誓，一定要好好学习，把母亲的笑容找回来。小男孩很争气，从小学，初中到高中，成绩遥遥领先。高考时又以全省第一名的成绩

梅花弄3号

考入名牌大学。他读书只有一个目的,那就是为了母亲的笑容。不管有多苦多累,只要母亲高兴,他都甘愿承受。母亲教会他很多。母亲为了他,没有改嫁。后来,男孩上大学离开了母亲。他告诉母亲,会把满分的试卷寄给她,让笑容永远留在母亲的脸上。母亲识字少,红勾勾是认识的。后来,男孩认识了一个女孩。他喜欢她。女孩的勤奋让男孩惭愧。因为男孩的试卷都是自己编造的,也是自己的批改的。母亲和女孩都把它当成宝贝一样收藏着。男孩更加努力学习,为了母亲,为了女孩,后来,他考上了研究生。

树叶沙沙作响,吟唱风的赞歌。唐古拉望着我,拭去我眼角的泪珠。我拉住唐古拉的手,贴在自己的脸上。

唐古拉说,你能再帮我复印一份满分试卷吗?

最后一份“满分试卷”是我送给唐古拉的,那是一张黑白相片,一个女孩梳着羊角辫,胳膊肘支起忧伤。相片的背后写着一行字:送给天底下最伟大的母亲,您有一个永远爱你的孩子。

再见了,我的唐古拉。

嫁妆1

　　阳光充足，翻晒衣物。在整理贮藏室的时候，发现了一样东西——一只马桶。那是随我一起嫁到夫家的不动产。七年了，它悄无声息地藏在那里。我甚至于已经把它给忘了。今天重见天日，它一点也没变。圆形，红漆，金属环，一块红色棉布认认真真地裹着。想当初结婚，妈妈辗转千里才得到这个宝贝。千叮万嘱，这是女儿出嫁必备的嫁妆，少什么也不能少了它。

　　一直以为，油菜花不应是金黄色的，而是鸭蛋用色拉油炒成蛋花的颜色，一种非常温和的嫩黄。然而，在我十岁那年，在阡陌的泥路上，沉浸在大片嫩黄色的迎亲队伍中的我，突然明白，在大红色嫁妆的映照下，油菜花金灿灿，异乎寻常。那年的阳春三月是小叔叔的好日子。还未成年的弟弟成了他十多个伴郎之中最小的一个。因为他是沈家最大的男童，看着他吃力地拎着一只用一块猩红色棉布包得严严实实的马桶，我恨不得跑上去帮他提。但我不能，只能跟在迎亲队伍的最后面，欢天喜地。迎亲队伍的最后是新娘陪嫁的衣物，最贵重的就是那只马桶。这是奶奶说的，奶奶说那马桶又叫子孙桶。意思就是子孙满堂。到了小叔叔的家门口，就是弟弟百米跑的开始。他要以最快的速度跑进新房，再以最快的速度把马桶里面的喜糖喜果子（花生、甘蔗等）扔在床上，然后拿着桶里面的八块钱乐呵呵说声早生贵子。当年，弟弟拎马桶让我羡慕了很多天。从那以后，我逢人便说，下辈子做个男人，意思就是为了能拎一回马桶。

　　我见过最漂亮的马桶，那是妈妈的马桶。整个马桶呈蘑菇云状，从桶身，到盖子，全部精雕细琢，做工极其考究。上面

有花鸟鱼虫,纹理清晰,栩栩如生。马桶还有一口正方形的箱子,箱子的旁边有一只抽屉,是放卫生纸之类的。想起一段"绍兴莲花落"里的一个情节。出嫁的女儿回家探望母亲,嫂子怕给姑子瞧见家里的好东西,一时手忙脚乱,一不小心,马桶的盖从楼上滚下来,刚好盖在厨房的锅上。随同女儿一起来的人看得眼都花了,这锅盖怎么也雕龙描凤的呢?这样看来,那时候的马桶比锅盖还考究。

马桶要倒。女人家都是趁着夜色的。早上,太阳还没出来,人很少;晚上,太阳已经下山,人不多。那时候,倒马桶的女人最多。沈家大少奶奶"倒马桶"是一道风景。她是沈家标准的美人。杨柳腰,柳叶眉,樱桃小嘴。她右手夹着马桶的姿势,走起路来一扭一扭的样式,很美。至今,我还记得很清楚。虽然,她已经过世很多年。奶奶的马桶很粗糙,没有正方形的箱子,也没有花鸟鱼虫,就是几块木板拼凑在一起,却很结实,很实用。马桶放在床后面,没有说破是不知道的。

女人们的马桶就是女人们的命运。奶奶辈的马桶是藏着的,遮遮掩掩的。妈妈辈的马桶是整天躺在箱子里,大气不敢出的。到了小婶婶这辈,慢慢地,马桶没有了用武之地。现在,马桶已成了历史。女人越来越自由,社会进步,女人真正成了自己的主人。

田小甜的谎言

先说说我吧。

那天，我去给孩子买衣服。看好衣服，想还价，我说，老顾客了，经常来你们店，你们就便宜点。你们老板娘我也认识。营业员眨巴着眼睛看我，我在这儿快两年了，怎么没看到过你呢。

我的脸一下子红了。

要知道，我一撒谎就脸红。有时候不撒谎都会脸红。更何况今天对着外面光芒万丈的太阳，这青天白日的，我竟然撒谎了。那都是因为田小甜。曾经有一次，我跟着田小甜逛街，她就是这样跟营业员说的，结果，淘了便宜货。田小甜撒谎的本领可真高，这时候，我就后悔得牙痒痒，直怪自己为什么平时不好好地多向田小甜学习学习。

田小甜长着一张和蔼可亲的脸，不瞒你说，换谁见了她，保证三分钟后让你喜欢上她。不过，那要田小甜高兴，如果田小甜觉得你没有她值得喜欢的地方，她也是不会让你喜欢上她的。她就是那种超有风度的姐，你想学还真学不来。

什么？你说我撒谎？我真不骗你。你不信？那我就跟你说说田小甜的谎言。

先说那天吧。那天，天很冷。田小甜的手套忘记在工作台上。当她回来时，我正在低头干活，我跟她说，小甜，你怎么忘记戴手套了。田小甜说，没有啊，我戴的啊。我一听，不对吧，刚抬起头来，田小甜快速地拿起桌上的手套，若无其事地说，我刚从包里拿出来。这种小事田小甜为什么要撒谎呢？你问我为什么，我也不知道呢。

还有一次，田小甜让我帮她申请一个QQ。申请好后，我

说取个昵称吧。田小甜说让我帮她取。那我说就取个星座名吧,问她生日。她想了想说五月份。到了十二月的某一天,那天,她无意中说是她的生日。后来,我查了一下,她的生日是在十二月。看着她QQ的昵称,我觉得特恶心。

田小甜有很多秘密,这不是田小甜告诉我的,是我自己想的。田小甜在跟我说秘密之前总会以这句话开头,这件事没有人知道,我只告诉你一个人。田小甜经常跟我说这句话,她只要一说这句话,我就知道她的秘密又来了,以至于我想当然地以为田小甜有很多秘密。啥?你说田小甜的秘密是什么?你别问我,我是不会出卖田小甜的。但有一点可以告诉你,田小甜的秘密很多,很多人都知道。很多人知道?那还是秘密吗?你别笑,这个……说真的,我也不理解。

早几天田小甜告诉我一个秘密。她说,这件事没有人知道,我只告诉你一个人,我发财了,钱多得用不完。这种话我还是第一次听说。经常有人会说某个人钱多得用不完,倒不会有人自己说自己钱多得用不完。除非她是傻蛋。田小甜不傻。对于田小甜的财源有很多个版本,我一直认为,存在就是合理。不管别人怎么说她的财源来路不明,她总有她的手段取得,这就是她的高明之处。想不到,没过几天,田小甜改口说穷得没钱了。这前后不到几天时间,田小甜既没吃错药,也没受过任何刺激,她看上去非常正常。不知为何,她会说出如此背道而驰的话,我百思不得其解。什么?你知道。你知道?那你告诉我,这是为什么?你也不告诉我。不告诉我就算了,我从来不强人所难。

今天下午,下了一场雨。田小甜从外面赶来,压着声音告诉我,有个年纪大的人对她撒了谎。她很不屑地说,年纪都这么大了,还撒谎。我不想听无聊的事,还不如多看点书,就说,这有什么,会撒谎,撒惯谎的人,连一点点小事都撒谎,老人也是人,没什么大惊小怪的。

田小甜的谎言成了我生活的一部分。她经常给我出题,让我把她说过的陈述句改成疑问句。田小甜说,真的是这样。我在心里问,真的是这样吗?

我跟你说,总的说来,田小甜这人不错,不仅人长得漂亮,还能说会道的。就是有一点不好,她太会说,说着说着,把圆圆的冬瓜说成了长长的丝瓜,但也无伤大雅,反正都能吃。啥?你说我也学会撒谎了。是真的吗?谢谢你的夸奖。我太需要这种夸奖了。你别走呀,我还要跟你说件事情,别走,你别走,等等我。

你是我最美的新娘

　　山坡上，羊儿在吃草。菡拉着剑的小手说，我要做你的新娘。剑说，才不，你长得这么丑，我才不要呢。菡扔了剑的小手，伸开双臂，抱紧剑，抱着不放。剑拼命挣脱，一句话也没说，像一只受了惊吓的小兔，拼了命地往山下逃。菡站在山坡上，大声地笑，笑得太阳下了山。剑的母亲总是说，剑，你应该像个男孩子。剑总是一声不吭地回屋做作业，只留下母亲长长的叹气声。菡的母亲总是说，菡，你应该像个女孩子。菡不服气，菡说，我哪儿不像女孩子了，你看看，哪儿不像了。母亲指着菡的额头，咬牙切齿地说，就这儿，坏了。这一年，菡七岁，剑八岁。

　　山坡上，羊儿在吃草。菡仰面躺在草堆上，阳光暖暖地抚摸着她身上每一寸肌肤。菡咬着马尾草，数着白云一朵一朵慢慢悠悠地从东边飘向西边。当她数到十的时候，剑来了。马尾草在菡的嘴角一晃一晃，晃得剑心神不宁，直到后来，剑终于笑了，露出雪白的牙齿。菡拉住剑的大手说，我要做你的新娘。剑的脸一下子红了，他没有挣开菡的手，只低着头，细声细气地说，我妈妈说，想请你，今天，到我家去吃晚饭。菡放了剑的手，很自然地摸着脑袋瓜说，干嘛？为什么请我吃饭？剑拿下菡嘴角的马尾草说，去了，不就知道了。这一年，菡十七岁，剑十八岁。

　　山坡上，羊儿在吃草。一个小孩在羊群里跑来跑去，菡抓住他，瞪着眼珠子对小孩说，再跑，再跑我可打屁股了。剑，你看看，你也不管管呀。剑坐在大石头上抽烟，看了看菡，招呼小孩，坐到他的身旁。好长时间，天，蓝蓝的。菡说，东家的蘑菇很赚钱，西家的羊毛收入也不错。我打算再去买三十只羊，把村子里的赵三寡妇和吴二婶都请来，大家一起干。剑，你说，可以吗？剑丢了烟屁股，随手拿起一本书，慢吞吞地说，听说高考恢复了，我想再去读书。菡仰天看了看，走近孩子，拍拍孩子屁股上的灰尘。这一年，菡二十七岁，剑二十八岁。

山坡上，羊儿在吃草。山上的羊越来越多，就像天上的白云在山上游走，让人看着心花怒放。菡蹲在山坡上，她已经累了好几天，她打算打完最后一个草垛，准备早点回家去。今天，剑要回来了。她抬手擦擦额角的汗珠，头有些眩晕。朦胧中，菡看见剑向她走来。菡高兴地站起来，又一阵眩晕，菡不知不觉地倒下了。她滚下山，去迎接剑。山上的羊四处逃窜，不知道发生了什么事。这一年，菡三十七岁，剑三十八岁。

山坡上，羊儿在吃草。天是蓝的，白云不知不觉躲起来了。山下的人一个接一个地往山上走。羊围着人群，人围着羊群。山好静。羊也不叫唤了。剑已满着白发，他坐在山坡上，旁边，躺着菡。菡无声无息。剑拉着菡的手，吻着。菡要入殓时，人群的哭声排山倒海似地涌来，剑俯下身，在菡的耳边轻轻说，菡，你知道吗？八岁那年，我就跟自己说，你是我最美的新娘，你醒来，看看我，好吗？这一年，菡四十七岁，剑四十八岁。

解结

冬无雪

　　阿猪是方圆几十里人人皆知的泼皮无赖。小孩子都怕他,他的眼珠子能把人吞下去。听说他生时刚好是一九七一年的大年三十,可他娘说是第二年的正月初一。大狗说,阿猪他爹给他取阿猪的名,阿猪就是猪年生。我爹就是这样给我取的名。大狗说这话时,莲子刚好在猪栏里喂猪,莲子听了就掩着嘴笑。大狗说,莲子,你笑起来真美。莲子就不笑了。大狗又说,阿猪能娶你这么好的媳妇,真是上辈子修来的福。莲子没有回话,急忙拿起猪盆就走。远远的,她看见丈夫阿猪背着铁耙从地里回来。大狗还想说什么。远远地,大狗也看到阿猪背着铁耙回家。大狗也不想说什么了,越过一扇篱笆门,就到了自己的家。阿猪家和大狗家就隔着一道篱笆,是邻居。

　　阿猪家与大狗家上辈子结了冤。阿猪的父亲是被大狗的父亲逼死的,阿猪经常诅咒大狗的父亲能够早一点命归黄泉。所以两家虽是邻居,却井水不犯河水,老死不相往来。自从阿猪娶了漂亮媳妇莲子,大狗就趁着阿猪出门,隔三岔五地跟莲子套近乎。莲子是个好媳妇,村子里的人都这么说。

　　阿猪回到家里,莲子放好了酒菜。阿猪坐在长凳上不喝酒。莲子看着阿猪不吃不喝光坐着,就问怎么了?阿猪一起身,掀翻了桌子。稀哩哗啦,碗摔了一地。你刚才跟大狗干什么?没干什么,大狗说咱家的猪长得肥,可以卖了。胡说八道!阿猪背起铁耙,跨过篱笆,跳进大狗家的门槛。大狗的老婆慌里慌张地问,大兄弟,你这是干嘛呀?阿猪的眼珠开始喷火,大狗,你这个龟孙给我滚出来。大狗已不知跑哪儿去了。

　　莲子红着脸,给大狗嫂一个劲地赔不是,死拽活拖,拉着阿猪回了家。

大狗家门前有个菜园子,园子里的菜水嫩水嫩。过几天就可以收割了。白菜晒干,撒点盐,放几个辣椒,用石头夯实,做成腌白菜。这是大狗家过冬时必不可少的家常菜。这天晌午,大狗干活归来,园子里一片狼藉,大狗顿时气上心头,这狗日的阿猪,有气也别撒到我家的菜园子啊!真不是人。大狗气得直跺脚。定睛一看,前方杂草旁似有声响。大狗知道那是个废弃的粪坑,难不成?大狗拿出铁耙慢慢地走了过去。突然一头白花花的猪撞了出来。大狗一惊,举起铁耙就往下砸,他把对阿猪的忿恨全撒在猪身上了。一会儿,猪"哼哼"几声,四脚朝天,断了气。大狗发现猪死了,就慌了神,吓得六神无主,扔了铁耙,傻了眼。

　　莲子从娘家回来。莲子看看大狗家的菜园子,又瞧瞧自家的那头死猪,莲子坐在田埂上,好一会儿才起身,拍着衣服上的泥说,咱家的猪不懂规矩,死了,活该。太阳照到头顶,眼瞅着阿猪快回来了,莲子想阿猪回来这场面越难收拾。莲子让大狗把死猪拖进猪栏,莲子弄些稻草遮掩了猪的伤口。大狗满身是血。莲子看着他那样子,催着他回家把血洗了。大狗和他媳妇儿跑回家,心里七上八下的。

　　阿猪一声不响坐在门槛上,抽着闷烟。阿猪想好好的一头快出栏的猪,怎么就死了呢?莲子说,最近听说猪瘟闹得厉害。阿猪扔了烟蒂,拍拍屁股说吃饭。后半夜,阿猪偷偷地挖了大坑,莲子帮忙着把死猪埋了。

　　第二天早上下着雨。莲子还在睡梦中,大狗的老婆呼天抢地地在院子里嚎啕大哭。莲子推了推正在睡梦中的阿猪问,大狗嫂怎么了?

梅花弄3号

　　大狗的爹死了。

　　大狗爹百日那天,莲子把猪的死因告诉了阿猪。阿猪的眼珠子由大变小,后来眯成了一条缝,阿猪把莲子拥进了怀里。

嫁妆2

木子要出嫁了。木子不知道那个叫沈长寿的男人长什么样。

外面锣鼓声声,男方已到家门口。母亲走进女儿的闺房,小声地对木子说,新郎官家里走不开,没来。木子没说话,撂下刚换上的嫁衣,跑出去,想看个明白。母亲急忙跟出来,想拦住木子,可拦不住。木子站在大厅的门口,看着那一张张陌生的面孔。再一转头,捂紧脸,逃也似地回了闺房。

出嫁的吉时到了。木子坐在床沿上,泪珠儿爬满了脸颊。母亲躲在蚊帐后面,暗暗地抹一把泪,催促着快些,姐妹们七手八脚地给木子换上嫁衣。大红的嫁衣上是喜鹊闹春,牡丹盛开的图案,那是木子一针一线用银丝巧手织成的。外面的人进来催,里面的人拿块红盖头盖住了木子的脸。木子抽泣。母亲说,不要哭,新娘子出门,不能哭。快把泪擦干,到了夫家,好好做人,好好孝敬公婆,好好侍候丈夫,知道吗?木子点点头,鞭炮声时断时续地响了起来。

木子坐上藤椅,两位表兄弟把她抬到了大厅。围观的人群争先恐后地议论起来,指指点点。两位大嫂上来,蹲在木子面前,脱下木子的布鞋,换上一双红绣鞋。红绣鞋上是一对凤凰,展翅欲飞。从大厅到院子门口,两边站满了人。男方的人成双成对地各自管一旁打点。火把手点燃了火把,火把是用毛竹洒上酒精制成的,点着了,火把迅速燃烧起来,热烈,旺盛;提洋油灯的人也把灯点着,洋油灯又叫子孙灯,上点煤油,灯火温和,柔软;火把是男人,风风火火,雷厉风行;洋油灯是女人,曼妙动人,婀娜多情。三对男人各自挑起六副担子,担子里装的是新娘子的一生。

　　木子出门了。表兄弟抬起木子,在原地把坐在藤椅上的木子来回摇了三摇。男方把"永久"牌自行车扶正,表兄弟抱着木子上了自行车的车架。自行车按常理应该由新郎官推,可是,今天的新郎不知到哪儿去了? 母亲告诉过木子,推自行车的小伙子是沈长寿的弟弟,叫沈长喜。

　　一路上,吹吹打打,热热闹闹。

　　沈家在当地算是大户人家。兄弟四个,除了老三,都是能干之人。老三就是沈长寿。木子到了沈家,被人扶着进了洞房,一坐就是两个时辰。后来,沈长寿也是被人扶着进洞房的。当沈长寿挑开木子的红盖头时,木子微微低下了头。沈长寿坐在床边,不敢起身。两个人,对着红红的烛火,默默,无闻。

　　外面渐渐地静了下来,蛐蛐不时吟唱,唱着良宵一刻值千金。沈长寿终于说话了,你渴了吧,我给你倒杯水喝。木子抬头,刚想说,不。沈长寿起身了。木子眼中的沈长寿一瘸一拐地朝八仙桌走去。木子的泪一下子滚了下来。

　　第一夜,木子和衣而睡。沈长寿在八仙桌旁站了整整一宿。

　　第二天,木子起得很早。木子换上粗布衣。她把嫁衣藏进了樟木箱子。

　　第二年,木子生了个儿子。沈长寿不停地咳嗽,脸上却挂满了笑容。

　　第四年,木子生了个女儿。沈长寿咳起来,木子帮他敲敲背,递过一碗水。

　　第十九年,木子又生了个儿子。沈长寿已不能起床了。这一年的秋天,沈长寿拉着木子的手,吃力地说,我对不起你,不要累着自己,再找个人,知道吗?

　　沈长寿走后,远亲近邻提亲说媒的络绎不绝。木子不答理。木子摇摇头,很认真地说,不是,我是沈长寿的媳妇。

　　木子是我的奶奶。在整理她的遗物时,在一只早已伤痕累累的樟木箱子里,我发现了一件崭新的嫁衣,上面是喜鹊闹春,牡丹盛开的图案。

梅花弄3号

什么时候用得上蜡烛

要离的，是你，李纯纯。不是我。张小洛第一次摔门而出。锁在屋内的是李纯纯的哭声。张小洛见不得李纯纯的眼泪，只要听见她哭，他就会心软。张小洛忍了很久，直到今天，他才发现，还有一种办法可以听不见李纯纯的哭声，那就是逃离。既然李纯纯话已出口，就顺其自然，离吧。心囚太久了，该晒晒太阳。

身旁的人来来往往，张小洛站在十字路口。天，黑了。穿过立交桥，前方是回家的路口。一个小男孩站在那里，大声打着电话。好像是他的母亲催他赶紧回家，他找着借口不肯回去。他真是一个可爱的小男孩。微微上翘的嘴角，一颗大大的虎牙，一副俏皮样。小男孩接完电话，吹着口哨走了。站在十字路口的张小洛想到了儿子。儿子读二年级。每星期天晚上要上一个小时的围棋兴趣班。去老师家有一段路，儿子不让送，说自己能行。张小洛不放心，又怕伤了孩子的自尊心。于是，想了个办法，给他买个小灵通。有事情，一个电话就放心了。孩子是他的希望。口哨渐行渐远，看着小男孩远去的背影，张小洛深深地叹了口气，夜凉如水。他朝路口望了望，在很远的路的尽头，有一个家是他的。

今晚还是家。明天？明天说不定就不是了。

没有月亮的晚上，张小洛摸黑进入家门。家里一点生的气息也没有。李纯纯不在，儿子也不在。他们会去哪儿呢？哪儿也不能去的。双方的父母都在另一个城市，朋友们都成家立业，烦心的事够多了。张小洛准备等他们回来。不管有多晚，有家，总会回来的。张小洛在回来的路上，想了很多，想多了，回家的路都比平时长了许多。想到最后，他拐进大型超市买了三样东西。一口无油烟不粘锅。家里的菜是李纯纯做的。李纯纯胆子小，每次下油锅，一定会拉他在身边，怕锅里的油熬过头，溅起来，引着火，不可收拾。张小洛不得不信，有一次，李纯纯险些烫伤了手。卖锅的服务员说，这口锅油一下去就可以放入菜，不用熬油。张小洛还买了十只打火机，李纯纯记性不好，家里多放上几只，想用时，随时随地都找得到。打火机最大的用处是点蜡烛。张小洛买的第三样东西就是一柱白蜡烛，什么时候用得上蜡烛？夏天一到，隔三差五，经常停电。李纯纯怕黑，更怕夏天又停电又电闪雷鸣。她曾经卧在张小洛的怀里说，如果他不在她的身边，她一定早被吓死了。那时候，张小洛信誓旦旦，说会守护她一辈子的。现在，不知道还能不能再继续守护下去。

张小洛把三样东西往柜子上一放，好像完成了一件大事。他走进儿子的房间，坐了好一会儿。母子俩还没回来，他拿了浴巾，准备洗澡。水龙头刚打湿身子，门突然打开了。李纯纯双眼红红的，出现在他的面前。张小洛一抹脸说，回来了，洗完澡我有话跟你说。张小洛拉上浴帘子，水花在帘上激出清脆的响声。

李纯纯在帘外驻了好久，不知道在等什么。终于，她挂着两行泪冲进去，扯开了浴帘，近乎咆哮着说，跟你说过多少次，洗澡时拉上浴帘，你从来不听，以后没人管你，想干嘛干嘛去了。

张小洛想开口，水往下冲，淹了口。

李纯纯招呼儿子赶紧睡觉，今天太迟，明天还要上台表演。张小洛走出浴室，儿子的房门虚掩着，灯熄了。墙上的时

针迅速指向十一点。张小洛撸了撸潮湿的头发,坐到李纯纯的身边。

李纯纯推开他,斜着眼瞪着张小洛,眼泪夺眶而出。

张小洛长长地吐了口气,说,看你这么难过,我也很难过。我答应你。明天,一早就去办,别想太多,早点睡吧。张小洛说完,来到客厅,《神雕侠侣》刚开始上演。

第二天,李纯纯送儿子上学回来,张小洛就等在家门口了。

路上的车比天上的鸟还多。车子里面的李纯纯透过车窗,专注地看着前方,前方是许许多多车的尾巴。快下车时,李纯纯问,那口锅是你买的?干嘛的?张小洛点点头,想说点什么。手机提示,有短信,张小洛掏出一看,是儿子发来的,爸爸,祝你节日快乐!

今天几号?张小洛想了想,没想明白,问李纯纯。

李纯纯说,六一。

白天过了又是晚上。张小洛没有离开家。他又回到家,紧跟其后的是李纯纯还有儿子。开门进屋,竟然停电了。屋子里黑黑的,张小洛骂了句。李纯纯拉着儿子的小手,黑暗中,她叫着,打火机,打火机放哪儿了?

张小洛打亮了打火机,看到李纯纯手里举着一柱蜡烛。

嫁妆 3

　　糖果也是嫁妆吗？是的，不仅是，而且非常重要。缺了糖果，新郎新娘就不能入洞房。这个糖果不是单纯意义上的糖果，不是公平地分摊给亲朋好友的喜糖。那完完整整，确确实实应该是新娘子的嫁妆。因为它与新娘子一样，是原封不动地"嫁"到新郎家的。

　　新娘出嫁时，两只箱子是必备之物。一只箱子盛新娘的私密之物，比如内衣、比如父母的压箱钿。压箱钿就是红包，父母为女儿准备的，以备不时之需。不到万不得已，做女儿的是不会拿出来浪费的。另一只箱子盛的就是糖果。糖果包括喜糖、水果、糕点等。记得结婚前，到超市转几圈，动足了脑子。母亲再三强调，白颜色的不能买，数量一定要成双。母亲与我足足挑了一个下午，终于大功告成。现在庆幸，有超市，买起来不是太吃力，曾问母亲她结婚那时，物资匮乏的年代，怎么办？母亲说，没有，有没有的办法。

　　新娘子"嫁"这么多的糖果到新郎家干嘛用呢？

　　亲戚们吃完喜酒不是马上回家的，因为还有一台压轴戏——闹洞房。

　　通常，闹洞房的地点不在新房，在大厅。大厅地方大，能够容纳很多人。大厅呈长方形，左右两边坐满了亲朋好友，中间放八仙桌，以前是一张，后来是二张，现在四张的也有。四张桌子连在一起，一长溜。桌子上放的就是新娘的嫁妆——糖果。色彩缤纷，五花八门的糖果摆满几大桌。两边的人儿叽里呱啦地嚷着，心里想着哪个糖儿好吃，哪个果儿可口。这时候，没有人会拿来吃，只有不懂事的孩子，抢先拿在手里尝。大人们假意打打小屁股，抱着到外面走一圈，又进来，坐

好。往往孩子已经让大人教育了一番,知道什么时候该拿,什么时候该吃。

这么多人坐着,看着满桌的糖果不闻不问,那又是为何呢?原来,他们是等新郎把新娘子接下楼,节目才真正上演。新娘子下了楼,一对新人坐在桌子后面的正中央。主持婚礼的人一般都是能言会道者,往往是媒人。媒人宣布闹洞房开始,马上人人响应。七大姑问:新郎官,今天是你们的好日子,高兴不?高兴!那你就亲一下新娘子吧。八大嫂又问:新娘子,今天是你们的好日子,开心不?开心!那你就亲一下新郎官吧。年轻的伙伴一上场,马上说:不行,不行,看我的,来,两个人把这个肉丸子吃了吧,一人一半,不许帮忙,还要一起吃。新郎官急了,小子,你可要仔细了,小心以后吃不了兜着走。咱们骑驴看唱本——走着瞧呢。小伙伴吐一下舌头,做个鬼脸,跑了。一阵哄笑之后,男人继续说,猪八戒背媳妇,新郎官背新娘子,来,跑一圈;女人说,新娘子蒙上眼,给新郎官吃蛋糕,甜甜蜜蜜喽;小孩子拍手称快,老人们笑得用手捂住了嘴。

笑破了肚子,笑得眼泪流出来。开心到了极致,新郎官满脸的蛋糕,新娘子脸上的妆花了。最激动人心的时刻就快到了。两边的人围着桌子,眼睛盯着,瞅着,瞄着。媒人一声令下:开始,抢!

抢就是游击队扫荡。大厅里好像热锅里的油,沸腾,沸腾。

世上没有比这样的扫荡痛快无比,淋漓尽致的了。我们不缺吃。缺的是健康的笑容,发自内心的快乐。相信,这样的晚上,年轻的,年老的都会在梦中幸福地流口水。

欢声笑语伴随着红红的烛火徜徉在新房中,暖人的心呀。这是新娘买嫁妆时万万没有想到的。这个嫁妆,买得真值。

仙人球

骆小阳送我一盆仙人球,很养眼。青青的茎上,一颗红的球,一颗黄的球,旁边一簇毛茸茸的仙人柱,上面的小刺很本分地弯曲着,不像仙人掌上锋芒毕露的那几根刺,只能远远地看看,碰都不敢碰。

骆小阳第一次找我时,是让我帮他办点事。那天,科长何如意不在办公室。事办完了,何如意还没回来。骆小阳说,你整天对着电脑,我送你一盆仙人球吧,听说能防电脑辐射。我说,你能多送我一盆吗?骆小阳说,那我得回去看看,不知道有没有多余的。

骆小阳没有多余的仙人球,只有一盆,放在我的桌上。骆小阳给我端来时,我不在。何如意在。等我看见美丽的仙人球时,何如意说,这个骆小阳还挺好的,送你一盆仙人球。我知道何如意的意思。我说,何科长想要的话,送给你。人家是送你的,又不是送给我,我想要的话,自然会让他送来。何如意两眼盯着仙人球,得意地说。

不管什么事情,何如意都会让自己觉得如意了才肯罢休。有些事情,一个人如意了,总会有一个人不如意。何如意坐在我的对面,横在我们中间的是两台电脑和一堆书。我不想让骆小阳倒霉,就把仙人球放在电脑旁边,何如意一抬头就能看到,我希望仙人球的刺能吸走她电脑上的辐射,能够同时保护骆小阳。结果,事实与我想象的大相径庭。何如意一看见仙人球,就会想起骆小阳。一想起骆小阳,何如意就会说,骆小阳的仙人球是不是在种起来了。

骆小阳又来找我时,何如意马上问骆小阳,我的仙人球呢?骆小阳摊摊手,说忘了。何如意说,你是不是在培育起来？都过去多少天了。骆小阳呵呵笑，说快了，快了。说着走到我旁边。我正通过仙人球把插头插入插座。一不小心，右手掌上被刺了一下，缩回了手，我说，这小刺还挺厉害的。因为刺着痛，所以才能防辐射，以毒攻毒嘛，骆小阳说着，递给我一份资料，说走了。何如意说，骆小阳你别走啊，再坐一会儿。骆小阳停了停，还是走了。何如意说，我的仙人球别忘了，如果忘了，下次别想进这个门喽。何如意的笑声传出去，送走了骆小阳。我用左手掌擦擦右手掌，小刺刺过的地方还在痛呢，不知道要疼到什么时候。

很长一段时间，骆小阳没来找我。后来，仙人球又刺了我一下。我把它转移到何如意看不见的地方。红红的球还是红红的，黄黄的球还是黄黄的。工作累了，我会看看它们，舒缓一下神经。何如意看不见仙人球，就忘了骆小阳。忘了骆小阳，何如意就不会想起仙人球。我想事情终于缓和了。

又过了很长一段时间。红红的仙人球开始枯萎，接着黄黄的仙人球也开始枯萎。无药可救时，我把两颗枯死的仙人球摘下来放在桌上。何如意看着枯萎的仙人球对我说，你的仙人球也这样了，楼下小胡的仙人球被人用大头针刺了几下，也枯萎了。我拿起来，看看仙人球，它的根已经烂了。

现在，我的仙人球只剩下一簇仙人柱了，它孤独地长在那儿。听说，骆小阳辞职了。我又被仙人柱上的刺刺了一下，生疼。

有一天，何如意问我，仙人球真的能防辐射吗？我笑而不语。

春夏秋冬又一春

叫一声赵小舟

  大年三十的晚上,雪铺满了回家的路。赵小舟赶到家时,人们还在等待春节的降临。听见赵小舟跑上楼的声音,我知道我的春节提早降临了。我不相信赵小舟会回来,在这个大年三十的晚上。赵小舟说,雪下大了,飞机转了两个地方,总算安全到家。

  我们已经有三个月没有见面。赵小舟看起来又黑又瘦,一进门,他就紧紧地把我抱入怀中。他的脸又硬又冷。不知为何,靠在他的肩膀上,泪水竟然模糊了我的双眼。

  赵小舟卸下行李,从行李箱中小心翼翼地取出一袋"草"。赵小舟说那不是草,那是兰花,很名贵。他急忙地从防盗窗外拿进两个盆,取了些沙泥拌上树皮,把兰花植入盆中,浇上水。子夜时分,外面的鞭炮声此起彼伏。窗外,亮如白昼。赵小舟看着我,说,新年快乐。

  元宵节过后,赵小舟又远行了。留下两盆兰花,一盆放在东窗,一盆留在西窗。赵小舟嘱咐我没事的时候,给他们浇点水,放太阳底下晒晒,很快就会开花的。我说,我希望它能好好活着,开不开花无所谓。从来没有一盆花,在我的手上,能好好地活着。因为我从来不去照顾他们。最好的待遇也是洗完衣服之后,盆里还剩一点水,顺手给他们洗半个澡,还是在东窗。西窗根本就是个冷宫,几个月光顾一次,看一眼已经是非常恩惠了。

  赵小舟却一本正经地说,你要像对待女儿一样对待我们的兰花。这兰花可名贵了。

  我说,我才不会听你赵小舟的胡说八道。有什么了不起的,不就是一株草嘛,你把女儿比成一株草吗?

赵小舟说，你看看，没几天时间，脾气又来了。

我说，你不也一样。大男人，别这样居高临下跟我说话。我不是你的奴隶。

赵小舟走的那天，我还跟他赌气。六点半的飞机，我假装睡在被窝里，不去送他。我听见卧室的门轻轻地开，又轻轻地关。听到外面的大门很小心地关上，听着他急促地跑下楼去。

人就是这样，有时候跟刺猬差不多。碰在一起，靠得紧了，相互伤害。一旦分开，有了距离，又会想着等相逢时不要再伤害对方。我又开始想念赵小舟。非常奇怪，想念的时候，都会想着他的好。下水道堵塞时，叫一声赵小舟；抽水马桶漏水了，叫一声赵小舟；热水器不升温了，叫一声赵小舟……

有一次，菜做了一半，煤气罢工。我赶紧叫一声赵小舟。女儿提醒我爸爸不在家。我急得哇哇大叫，赶紧打电话给赵小舟。赵小舟命令我自己换。我说我怕煤气爆炸。赵小舟就吼上了，有什么好怕的，盖拧紧了，换个阀门就好。我从来没有换过煤气，只能赶鸭子上架，绝不能给赵小舟看扁了。阀门换好，重新开始。一股很浓的煤气味往鼻子里灌，我逃出屋外，又打电话叫赵小舟。赵小舟说，说你笨还真笨，阀门里面有个橡皮圈，跟你说过，别忘了装，一定是这个没有装，漏气了。后来的事实就跟赵小舟说的一样。赵小舟得意地表扬自己。我说，这本来就是你们男人干的事，有什么了不起的。赵小舟"啪"地搁了电话。

赵小舟第三次打电话回来，我们出门了。他问我们为什么不在家。我说，菜烧糊了，母女俩喝西北风去了。赵小舟说，活该。

梅花弄3号

　　赵小舟没有同情心。我这样认为。我干嘛还要去想一个没有同情心的人。

　　今年的妇女节是赵小舟的生日。我打一个电话过去,叫一声赵小舟,祝你生日快乐。赵小舟一点也没有感动,温吞吞地说,有什么好快乐的呢。家里的兰花开花了吗?

　　早夭折了,你就惦记这个呀。我说着,嘿嘿地笑着。

　　赵小舟说,早知道就不让你管了。如果还在,应该开花了。到底在还是不在呀?

　　在,在,在!

　　我有些伤心。再过一个星期就是我的生日,赵小舟大概又忘记了。

　　在我生日的那天傍晚,赵小舟打电话回来,又问起了兰花,可是,他根本没有记得我的生日。我特意跑到阳台,想看看赵小舟的兰花。我意外地发现,东窗的兰花没有开,西窗的兰花竟然开了。一共有八朵,低着头,害羞似的。我扶起一朵兰花,看着它的花朵儿,看着看着,发现兰花多像一个人的一张脸,一张笑脸,他们看着我笑呢。

交情

　　施楚涵路遇余一凡,喜出望外,大声疾呼:余一凡,余一凡。

　　余一凡发现施楚涵,分外亲昵,手舞足蹈,也大声疾呼:施楚涵,施楚涵。

　　施楚涵与余一凡像久别重逢的故友,欣喜若狂地在大街上相互喊着对方的名字。事实上,他们分别在半小时前。路上行人川流不息,没有人会对他们的交情持怀疑的态度。

　　施楚涵的家离余一凡的家仅百步之遥。相遇是一种缘分,跟距离无关。

　　喜上眉梢的余一凡邀请施楚涵去他家吃晚饭,施楚涵兴高采烈地去了。余一凡有自己的心爱之物,他搬出来与施楚涵一起把玩。彼此交流经验,畅所欲言,一副相见恨晚,知己难得的快乐样。屋子里,立刻有了欢声笑语。

　　玩够,吃饱。施楚涵准备回家,余一凡依依不舍。施楚涵说,你去我家吧。余一凡看看窗外,天已黑。施楚涵也看看窗外,天仍黑。施楚涵说,路这么近,不用怕,走吧。余一凡就去了施楚涵的家。

　　当然,施楚涵同样拿出几件心爱之物给余一凡欣赏。余一凡见多识广,不是很感兴趣。心不在焉地在茶几上挑了几袋零食,拿过小剪刀,每包开个口子,尝一口就扔在一边。施楚涵看了很生气,教训余一凡,浪费可耻,不要这样,不然,不给你吃了。余一凡瞪圆了眼睛,气呼呼地说,刚才,我给你喝牛奶,吃棒冰,还给你吃龙虾。你还没还我呢! 施楚涵不甘示弱,你不是也吃我的薯片,你也还我。施楚涵欲夺余一凡的薯片,余一凡一只手挡住施楚涵的手臂。另一只手打了施楚涵

的肚子。于是，两个人扭打在一起。顿时，屋里有了哭声。

　　亲爱的读者，您一定猜出来，那是两个小孩子的交情。可是，您或许不知道，我是那个施楚涵的妈妈。下面的事就由我接着讲吧。

　　小涵（即施楚涵）与余一凡是幼儿园的同班同学。小涵那天去余一凡家是因为我遇到了王小萍。王小萍是余一凡的母亲，也是我小学时很要好的同桌。三年来，我没有遇见王小萍，王小萍也没有遇见我。原因很简单，我们几乎很少去接儿子放学。今天一见，我们激动万分。我叫着王小萍的名字，王小萍叫着我的名字，异口同声。我说，想不到，孩子同班，又住这么近，还碰不到一起。王小萍说，是啊，是啊，好多年不见了，都认不出来了。我说，是啊，是啊！后来，王小萍坦诚邀请我们去她家做客。我坦诚地说了同样的话。孩子们发现我们交情不错，余一凡就吵着要让小涵去他家玩。王小萍顺水推舟地答应了。

　　言归正传。当时，小涵跟余一凡在客厅打架，我在厨房收拾餐具。听到哭声，跑去一看，余一凡的左脸上已有五个手指印，其中两个有鲜红的血丝正向外渗。我狠狠地问小涵，是不是你弄的？小涵点点头，马上又理直气壮地说，但他也打了我，而且是他先打的我。我说，不管谁打谁，余一凡流血了，就是你的不对。正在我审问之际，门铃响了，开了门，王小萍就出现在门口。王小萍换鞋进屋，我尴尬万分。余一凡看见王小萍止住了哭，指着施楚涵说，妈妈，施楚涵不好，他打我。我连忙说，小萍真是对不起，都是小涵不好。施楚涵听了，急得哭着说，妈妈，是余一凡先打人的，他也打我。他吃薯片太浪费,你不是说过,那样吃不好吗?我来不及跟小涵讲明道理。我一个劲地向王小萍道歉。王小萍一脸严肃。我又恳求道,小萍,还是去医院看看吧。王小萍说,不用了。王小萍拉着余一凡的手,出了门。

我摁着门口的延时开关,看着王小萍他们很不高兴地下楼去。我又习惯性地对他们说,小萍,慢走,有空来我家玩。想不到,余一凡抬起头来,大声说,以后,我再也不来了。小涵听到,匆匆跑来,倚着门框,喊着,以后,你别来我家了。

两个星期后,余一凡脸上的伤好了很多。期间我去慰问了两次。

一天放学,施楚涵路遇余一凡,喜出望外,大声疾呼:余一凡,余一凡。

余一凡发现施楚涵,分外亲昵,手舞足蹈,也大声疾呼:施楚涵,施楚涵。

我满怀歉意地向王小萍送去一个微笑,王小萍象征性地露了露齿。我问,下班了吗?王小萍说,婆婆让我们吃晚饭,我们先走了,再见。

爱的种子

妈,你在哪里?电话打过去,声音嘈杂。母亲扯着嗓门回答,我在念佛。

母亲的话真把我吓了一跳。母亲退休前还信誓旦旦地说,我是不会去念佛的。现在出尔反尔,倒要好好问问她。

母亲的回答是,念给菩萨的。

"菩萨佛"是自愿者队伍,念佛者没有报酬,组织者的活动经费也是募集来的。母亲念佛,声音最响,磬也打得最勤。在她的带动下,整组十三个人,劲头十足,想偷懒的也不敢偷懒了。偶尔也会有人说,念得喉咙都哑了,念来又不给你的。母亲听了笑笑说,声音轻我不会念。

母亲迷上了佛经。从《心经》,到《金刚经》,再到《地藏经》,还有好多经本,我报不上名来。她识字量少,佛经上生僻字又多。很多时候我们也读不出来,连字典上也难查到。有一天,一位朋友送了她一本注音版的《地藏经》,得了宝似的拉着我。她不认识拼音,但我们认识。我,还有我的儿子,我的侄女,给她拼好音,她就在旁边注个同音自己认得的字。有时候,写在同一本子上,一有空,就拿来边读边写,比小学生还用功。母亲的记性很好,别的母亲要背好几十天的佛经,她几天时间就可以背出。她这个插班生后来成了优等生,还经常去教别的姐妹们。

母亲小时候只读了一年书,之后就务农了。现在,按我父亲的说法,凭母亲这个学习的架势,考个重点大学不成问题。

母亲说,念经念佛,好处多。

直到我弟媳怀孕,生二胎,母亲才把她的经本整理好,装在一个铁盒子里,小心翼翼地放在柜子上格,没再拿出来。

弟媳孕期反应不大,母亲有时忙碌,有时清闲。清闲时就闲不住,村里有个老年活动中心。她就去那儿跟同龄人打打牌。一来二去,就认识了好些人。也有时,打牌打得欢,忘了收衣服做饭的时间,她也不表示过意不去。在她看来,这都是小事。有一次,她告诉我,隔壁老王头爱占小便宜。活动中心有茶水供应,他喝了茶水,回家时还要再倒半瓶子茶叶。那个茶叶连叶也没有,全是渣。我说她,管这种事干嘛。母亲说,不管,我就这样说说,反正我也不喝茶,就是看不惯。

下了好多天的雨,终于有了太阳。打个电话给母亲,想回娘家吃饭。母亲说,在马二婶家帮忙哩。马二婶嫁女儿了。马二婶说我做起来好,里里外外的事情都做得明白,一定要我帮忙。我想,马二婶家跟我们又不沾亲带故的,母亲也真是的,不怕难为情吗?帮什么忙,让他们亲戚怎么想啊。人家说你两句好,你就一门心思地去帮忙?

隔几天,又想着去母亲家。没等我开口,母亲直截了当地说,我在郑大叔家,郑大叔的父亲八十阴寿,让我帮两天忙,就这样,我现在忙,挂了。没有我说话的余地,于是,我决定去母亲家一趟。父亲一个人在家呢。

父亲在家,喝着老酒,桌上几碗冷菜,屋子里显得冷清。见我来,拿了个桔子给我。父亲说,你母亲去郑大叔家帮忙了。现在一天到晚忙,白天帮忙,晚上回来喊吃力。你看看,

家里饭也不烧,卫生也不搞,你弟媳妇也去娘家了。父亲的话听得我气上心头,这个母亲,在干嘛都不知道了,家也不管,自己的身体都不顾了?我掏出手机想打,父亲阻止我,说,不要打,你母亲的脾气,你也知道。让她去吧。

母亲是这样的,心里认定的事情多少头牛也拉不回来。

后来,我隔三岔五打电话过去,故意说,妈,我要来你家。母亲讨好我,说,囡,今天不行,明天来,明天我在家。我真是生气。但转念一想,无论如何,她是我的母亲,她也不容易,我绝不能说重话,伤她的心。我只能多打打她的电话,让她少出几趟门,有多少次她都说在外帮忙已记不清了。

弟媳生了宝宝后,母亲已很少出门。

我学会了开车。第一次去自助加油。服务员轻描淡写地说上一通就走开了,我站在原地看着加油枪不知如何是好,一位年轻人上前问我,你是沈大妈的女儿吧。我惊讶于她如何认识我,然后又点点头。她接过我的加油枪,说她帮我加。边加边说,沈大妈真是个好人呢,上次,我结婚,幸亏沈大妈帮忙,我妈一直跟我说,别忘了沈大妈的恩情,沈大妈手脚麻利,真是个好人呢。

有一次去市场买菜。一个小姑娘跑上来叫着我的名字,我抱歉地问她,如何知道我。她眨着大眼睛说,沈大妈的女儿呀,沈大妈经常在我妈面前说起你。

有多少次,当我外出办事,经常会遇见认得我而我不认得的人。很多的时候,都是他们无私地帮助我;极少的时候,我也会尽力帮助他们。我渐渐地明白了母亲,母亲的心,母亲心里的那颗爱的种子。她经常说，看看佛经，能让人看得开，看得远，因，积善行德做起来是难的。

　　我的内心有多大愧疚，母亲就受了多大的委屈。可她，从来不说自己的委屈。母亲撒播下爱的种子，在某个风清云淡的日子里，等待着我们去收获。

梅花弄3号

父亲的私房钱

父亲一直有私房钱。

当很远的地方传来开山的爆破声，一天的工资又赚进了。父亲跨进家门，拉开四只脚的长板凳，掏出一块钱，招呼我，去打一斤老酒来，剩下的归你。我很乐意干这个活儿。门口坐着拖着鼻涕的弟弟，嚷着要一起去打老酒，我当然不肯。我飞快地跑过弯曲不平的小道，旁边唯一的用草垛当顶的毛坑里也吓出几只麻雀来，慌里慌张地飞走了。

父亲喝着老酒，弟弟看着我嚼着泡泡糖，母亲数落着我的不懂事，安慰着弟弟，编着小孩子泡泡糖吃到肚子里会死人的谎言。

仲芳叔经常来我家喝酒。母亲就会杀一只自己养的鸭子，煮得满屋子香气。我扯个鸭腿，吃得满嘴流油。弟弟也要，母亲扯了鸭翅，鸭翅尖和鸭中翅剪下，剩下的翅根骗弟弟当鸭腿吃。父亲啃个鸭屁股，老酒喝得吱吱响。仲芳叔又拿外快来了。

过年时节，家家户户都做年糕，粉与水的调配很讲究，父亲有家传秘方，就成了大忙人。父亲忙一晚，吃饱喝足，还赚点儿闲钱。一个年过下来，父亲就存了不少私房钱。

上学那会儿，父亲的私房钱有一部分成了我的零用钱。上学住校，一个星期回一趟家。他不会主动给我钱，但他一定每星期等着我去向他要。父亲给钱的时候很小心，想多拿个一块两块，就得找个理由跟他说明。说了，他一定给。不说，从来都是一个数，不多也不少。

父亲的工资卡一直在母亲的手上，他从来不跟母亲拿钱。

跟石头打了半辈子交道的父亲突然失了业，爆破的工作干不成。没文化，但有力气。跟仲芳叔一起进了厂，当了工人，全是力气活儿。

单位里有客户卸货经常找不到临时工。父亲自告奋勇，叫上仲芳叔。两个人一上一下，一车货一会儿工夫就装卸好了。客户给点小钱。一个月下来，也有好几百。遇上上班时间，客户等得急，父亲安排好工作，偷偷地把外快赚了。拿出个十块二十块给同事，买点儿零食，大家一起开心。单位领导是知道的，但又没耽误工作，就随了父亲。父亲吃饭的时间越来越没个准。刚拿起筷子，仲芳叔来叫，赶紧骑上自行车，直奔单位。父亲在几十块与几百块钱中来回奔跑，不知疲倦。有钱赚，父亲特别有劲。赚了钱，喝点儿酒。喝得脸红红的，坐在椅子上，微微闭着眼，像是打盹儿。

父亲退休后，仲芳叔还是经常来叫父亲赚外快。母亲不让，我们也不让，但我们拦不住，父亲照去不误。

一个冬日的正午，我陪母亲在院子里晒太阳。父亲满面红光地回来，很骄傲地说，今天赚得多，一千多呢。你仲芳叔人好，这么多年过去了，总想着我。刚才老板发了一包烟，给他了，我自己又不抽，还多给他一百元。以后的生意，这叫细水长流。你们可千万别给我推辞，不然，仲芳以后不来叫我的。

父亲的高血压来势汹汹，住了院才恢复，精力大不如从前。后来，得了面瘫，右眼神经麻木，眼皮张不开，过几个月要打一次肉毒毒素。肉毒毒素俗称美容针，很多明星为了保养面部肌肤就打的这个针。我们有时候还开玩笑，打过针后，脸上没有皱纹，越活越像小伙子了。

几年下来,病痛让父亲吃了不少苦头。

这天,父亲没喝酒,一个人坐在椅子上生闷气。我回娘家,进屋发现气氛不对。问了母亲才知道。原来父亲要去杭州看病,说好让母亲准备一千块钱,打肉毒毒素。国产的便宜,二百多,恢复慢;进口的打着不太疼,恢复快,要七百多。母亲忘了拿钱。父亲认为母亲心疼钱,不想让他打进口的针。自从父亲生病,没有了外快,母亲把钱收得紧紧的。父亲说,这样的日子过得太憋屈了。

父亲像个小孩子一样,眼泪唰唰地往下掉,那双粗糙的大手,不停地拭着泪花。

再见疯子

初春的阳光因为风的入侵变得可怜巴巴。那个疯子又坐在地上心旷神怡地欣赏着一浪一浪的人群从他的身边快乐地飞过。他跷着两只棱角分明的大脚丫,让风呼呼地把它们冻成酱紫色。大脚趾好像心有不甘,与隔壁的脚趾紧紧地抱在一起。赤裸裸的,两只突兀的大脚成了阳光明媚的清晨,那个大街上一道美丽的风景。在两只大脚丫中间,放着一只破碗。没有人驻足,也没有人往破碗中放点儿什么。冷眼旁观已是对疯子最大的重视。我们有百分之一万的正当理由迅速离去,该干什么干什么。他只是大街上一个流浪多年的疯子,更确切一点说,他只是一个讨了二十几年饭的叫化子。

疯子不是疯子。疯子只是身体有些摇来晃去,走起路来像吴奇隆跳霹雳舞那样变化多端。与之不同的是他只要站起来,就会手舞足蹈,所以他只能捡一根很粗的木棒支撑起自己高大魁梧的身材,他不想刚从地上爬起来又轻而易举地摔在地上;或者干脆坐在地上,不起来。他没有自食其力的能力,所以只能在大街上看别人的风景。我说他不是疯子是有理由的,他有着正常人的思维。那是二十年前,他像个正常人一样,来到我家,来找我妈妈。

二十年前的一个春节,离我们村不远的航坞山脚下来了一个疯疯颠颠的叫化子,我们叫他疯子。航坞山上有座白龙寺,过年过节,游客络绎不绝。那时候没有骗人的叫化子。到太阳落山时,疯子的破碗中就会有满满的一碗硬币。然后,一瘸一拐的疯子就到我家来找我妈妈。妈妈是听了疯子的疯言疯语才答应帮疯子这个忙的。疯子说很小的时候,父亲就死了,母亲改嫁,剩下他和一个八十多岁的奶奶无人照

看。他和奶奶是靠好心人的施舍才活到今天。我的妈妈是好心肠的人,他对疯子说,以后来我家吧。隔三岔五,疯子来到我家,坐在院子的石凳上,习惯性地颤抖着双手,从贴身的衣袋里摸出一袋硬币让妈妈帮他兑成大一点的纸币。硬币大多数是一分和两分,很难见五分。难得有个五分,妈妈与疯子都会激动不已。整理好钱袋,疯子会给我八毛钱,让我帮他打半斤老酒,剩下的给我买糖吃,剩下也就能买一颗糖的钱。我当然乐意。疯子喝了老酒,整张脸红通通的,酒珠子在他棕红色的胡须上熠熠生辉。我花了疯子的钱买糖,妈妈过意不去,就会给疯子一个红薯,或几个芋艿,更好点的或是一碗薄薄的大米粥。疯子千恩万谢,离开我们。妈妈告诉我,他是去给他奶奶送饭了。

等春节过了,疯子就消失了。等某个节日来了,疯子又回来了……

叫化子越来越多。破碗里的硬币越来越少。疯子的日子越来越难过。一个孩子忍不住问,妈妈,他为什么不穿鞋子呢?因为他没有鞋子。我记得疯子以前有一双鞋子,那是一双黑色的高统雨靴。我曾看见疯子在一个骄阳似火的盛夏,穿着那双黑色的高统雨靴,踉踉跄跄地走在路上。一年四季,他或许就这么双鞋子了。好鞋穿久了,也会破的。

两天后,吃晚饭时,我的婆婆说,今天街上死了个人,是一个疯子。我是怕见死人的。可是,疯子只是一个疯子。我匆匆地来到大街上,买了一双皮鞋,来到疯子曾经躺过的地方。夜色已把疯子驮走,在无边无垠的天空下,我的泪夺眶而出。

另一种生活

鬼子嗜酒如命。活了大半辈子，跟酒过了大半辈子。鬼子有一个家，可没人住，因为没有女人。有哪个女人愿意嫁给一个酒鬼呢？没有女人的鬼子照样过得有滋有味，因为有酒，酒是鬼子的命根子。

鬼子年轻时就喜欢酒。一群人，干活累了，围在一起，喝酒成了家常便饭。鬼子有掏不出钱来的时候，就借。借了钱，买了酒，往桌子上一放，什么人都可以喝。喝完了，人也散了。

鬼子是个看门人，那个所谓的家从来不回去。那个门是单位的后门，进出人少，基本上整天关着。整年住在那个门里的鬼子，吃住在单位。睁眼喝上一口，喝上一口才闭眼。鬼子不想在上下班的路上耽误喝酒的时间。鬼子年轻时，工作上是个好把式。不知为何弄成现在这副光景？有人说，酒不是好东西，喝得太多，烧坏了脑子。还有人说没有女人，借酒浇愁，喝出了毛病。不管怎样，鬼子还是有一份体面的工作，而且每月上千元的工资一分不少。工资买酒，绰绰有余。可是，每月的月底，鬼子往往捉襟见肘，入不敷出。

鬼子兄弟三人，他排行老二。某日，老大寻求鬼子，商量如何去探望出了车祸，远嫁他乡的妹妹。老式的上海牌录音机凄婉地唱着越剧《梁山伯与祝英台》，鬼子正喝着酒，优哉游哉。听闻此事，鬼子一下子没了兴致。望着半碗清澈见底的白酒，鬼子一饮而尽。鬼子说，你们要去，你们去，我不去。老大骂，酒鬼，就知道喝，死了都不知道啥样。骂完，气急败坏地

走了。鬼子呆呆地站了一会儿，没有再往碗里倒酒，一狠劲，拿起酒瓶子咕咚咕咚喝了个底朝天。喝完，出了门，去了车站。

鬼子雇了一辆面包车，谈好价格五百元，先付了钱。兄嫂弟媳，吵吵嚷嚷，坐满一车。鬼子也上了车，一个人，坐在车厢后面的备椅上，弯着腰。一只有了裂痕的碗，一个没有商标的酒瓶子。酒，鬼子照喝不误。

妹妹无大碍。鬼子二话没说，扔下两百元钱。等兄弟们拉完家常，他的酒也喝得差不多快完了。妹夫给他一瓶泰山特曲，他掷地有声地说：不用。妹夫也不敢再给。回来的路上，经过一片小店。鬼子下车买了二瓶的劣质白酒，旁若无人地又喝上了。

兄弟们时不时会来探望，八九不离十，为了钱。鬼子说，有钱买酒就行，钱多了没用。该花就花吧。鬼子没有节制，任凭花钱如流水。到头来，没有钱买酒，只有借。鬼子有个好脾气，发了工资，第一件事就是还钱。不管还钱之后，是有钱还是没钱。鬼子说，有借有还，再借就不难。因为这，鬼子不愁借不到钱。

鬼子酒不离身，老了光棍一条。若是退休，很难维持生计。经理嘱咐财务科，每月只给他发一部分的工资，剩下的开了个活期存折存到银行里，退休之后可有个依靠。刚开始，鬼子隔三岔五讨要工资，喋喋不休地吵着嚷着，誓不罢休。后来，渐渐地心平气和，了解了领导的一份苦心。兄弟们很久没来看他了。但是，每月，鬼子还是照借不误。多则几百，少则几十。

　　生活中的鬼子就像荒山上的野草，无人关注，少人问津。鬼子过着一种怎么的生活呢？跟我们不一样的，另一种心灵上自由自在的生活吗？这，恐怕连鬼子自己也不知道。

梅花弄3号

一

他又去了梅花弄3号,看鸽子,她养了几只鸽子。

她住在梅花弄3号,顶楼。顶楼有个阁楼,她在阁楼上养了几只鸽子。白羽的,黑羽的,黑白相间的。她喜欢鸽子,从小就喜欢。她喜欢鸽子的理由是鸽子会飞,长得美,还能当信使,又是和平的象征,最主要的是能陪伴她。她的鸽子除了会飞,会吃,只会"咕咕"地叫。只要她上楼,鸽子们就围上来,绕着她,"咕咕咕",因为粮食来了。唯一让她受不了的是鸽粪太多,太臭。幸亏,他来了。

他是一名刚来的社区工作者。因为鸽粪的事找她商量能不能放弃饲养鸽子,鸽粪破坏周围的环境,对居民造成了影响。周围的邻居找她商量无果,说出来的话也变得尖酸刻薄。他们说,连男人都养不牢,还养什么鸽子。他听了,决定找她试试,希望能说服她。最后被说服的人不是她,而是他。他答应隔几天去帮她清理鸽粪,她负责让她的鸽子们养成良好的卫生习惯。

清理完鸽粪后,她邀请他下楼坐一会儿。

茶是好茶,回味甘爽。

他喝了一口,又喝了一口。她起身帮他添水,他赶忙站起来道谢,人未站直时又坐下了。因为她说,你坐,你坐,别客气。这么久了，还来不及谢谢你。

他有些不好意思，说，鸽粪扔了挺可惜的，你有没有想过在阁楼上种些花草？鸽粪可以当肥料，种菜也可以，现在不是讲究绿色环保。

她说，办法倒是好，可我不会养。他又不常在家，搬东搬西麻烦得很。

他说，我看你一个人在家挺不容易的，如果你信得过我，我可以帮你。

她咧嘴一笑，他今晚回来，明天让他陪我去花鸟市场看看，看看有什么可以买的。买回来，以后的事可要麻烦你。

他起身说，不麻烦，我要走了。谢谢你的茶，味道很好。

他下了楼，两只鸽子在地上觅食，有几只在相互打闹，"咕咕"地叫着。他拎着一袋鸽粪离开了梅花弄3号。走了几步路，楼下的李阿姨跟他打招呼，你人真好，这样的人都帮她，真有你的，臭都不怕。他笑了笑，没什么，一个女人也不容易的。李阿姨意味深长地回笑了一下。他知道楼下有很多的阿姨都退休在家，他跟他们还不太熟。

他爱种些花草，种多了，有空时去花鸟市场摆个地摊，卖点出去。鸽粪是上好的肥料，他为她收拾鸽粪也为了自己的花草，两全齐美的事，他觉得不错。他打算回去好好挑选几盆花草明天一早去市场摆地摊，因为明天她会去，跟她丈夫一起。快一年了，他还没见过她的丈夫。他有时候想象她的丈夫会长得如何？性情脾气又会如何？像她这样一个女人，她

的丈夫一定会有与众不同的地方。他没来由地笑了一下自己，无缘无故的。

二

他又去了梅花弄3号。

按响门铃，无人应答。轻轻一推，虚掩着的门开了。她好像不在。他进去，径直去了阁楼。

她在阁楼，蹲在稍远处，鸽子们围着她，"咕咕"地叫着。

他说，几天不来，臭了。

她蹲在那儿，一动没动，好像有什么事情缠着她，似乎没有听见他的话。

他尴尬地咳了几声，她才回过神来。

她的脸色苍白，真丝睡衣裹不住瘦弱的身体，两只乳房若隐若现。他看了她一眼，马上低了头。

你来了。她打了招呼就下了楼。长长的卷发散发出飘柔淡淡的清香。走过他身旁时，他已闻不到鸽粪的味道。

收拾停当，他下了楼。桌上的茶，早已氤氲。

她拿着一本书，说要给他讲讲里面的事。

他坐下来，拿起茶杯，喝了一大口，他有点渴。

她说，很久以前，有一个地方，那儿的男人女人结婚后，男人经常要外出谋生，少则一两月，多则一两年。女人在家不放心男人一个人在外，她们会制作一种"蛊"的毒药。蛊惑的蛊，就是将蚂蚁、蜈蚣、蝎子、毒虫放入盅中盖上,让毒虫自相残杀,胜利的那只,再用女人的经血浸渍,一年后打开,那就是盅了。女人会在男人外出前不知不觉地给男人服下。然后,告诉男人,什么时候该回来。到时间回不来盅就会发作,只有女人才有解药,才能救男人。后来,有一个男人不相信女人的话,在外面寻花问柳,忘了归期,结果……

她讲到这里,没有再讲下去。

他问,男人中毒了?

她轻轻地点了点头,这个"盅"还有一个很好听的名字叫"情盅"。男人为情而死,也不枉来世上走一遭。如果世上有这种盅就好了。

他听了,笑着说,神话吧?世上哪有这样的事。再说,有也没用。

她看了他一眼,有总比没有好。

他笑而不答。然后问道,那天,你们没去花鸟市场吗?

哦,忘记了,忘了,以后有空……再说吧。她说着,整了整睡衣,站起来,欲给他续水,他忙阻止,不喝了,今天坐久了,该回去了。

她送他到门口。他走出楼道口,一群鸽子飞来,"咕咕"地叫着,见他过去也不躲,仍然旁若无人地叫着。

他拎着鸽粪,想着女人的故事,想着女人的脸,他打算找个时间送盆花给她。毕竟鸽粪是她的。管自己想心事,迎面碰上了二楼的张阿姨。张阿姨笑呵呵地说,想什么呢,都出神

了。他有些窘，急急地说，哦，没什么，张阿姨，你家阳台左边的纱窗破了，该修修了。张阿姨说，哦，你瞧我这记性，你不说我又忘记了，明天，明天我一定让老头子修一下，是该修修了呀，这天一天比一天热喽。

三

他又来到梅花弄3号。

手上捧着一大盆的蝴蝶兰。花朵儿争先恐后地怒放着。

她开了门，蝴蝶兰遮住了他的脸。她问，您找谁？他答，送花的。

她听见他的声音，禁不住莞尔一笑。

屋子里有了花的点缀马上生动起来。

她说，这花真漂亮，真是太谢谢你了。

他说，应该谢谢的是你，我是用你家的鸽粪培育而成的，看看，长得多美。

她说，真想不到，鸽粪还有这么好的用处。你这么早来，还没吃早餐吧？

他说，吃过了。

她说，刚煮了绿豆汤，来，尝尝。

他推辞不喝，她坚持着递过去给他，他接过绿豆汤时不小心碰到了她的手。她缩了手，转了转身说道，今儿早上凉快，这大热天的不知什么时候才下雨呢。你坐会儿，我去喂鸽子，它们一定等急了。

他几口喝完绿豆汤，说，我得走了。

他走得很急，她没挽留他。

阁楼。鸽子们见她上来，一下子围过来，停在她的肩上，腿上，背上。她迎着朝阳撒了一把谷子，鸽子们迎着朝阳飞去。夏日清晨的阳光铺满了她的身子，把她的心也照暖了。她拿起放在角落里的扫帚，打扫起鸽粪来。鸽粪不多，因为昨天刚打扫过。

很多天过去，她已习惯每天打扫鸽粪，有几次还把鸽粪放入蝴蝶兰的盆里。

一直，一直，他都没有再来梅花弄3号。

后来，她的阁楼上开满了各式各样的花，红的、黄的、绿的、白的，什么都有。

四

他搬家了，搬到一个离她很远的小镇。

社区的工作是一个胖子男人介绍的。胖子见他长得端正，说只要替他办好了事，可以给他一笔钱。他很缺钱，但他说违法的事我不干。胖子说，哪能干违法的事，事情很简单，就是有时间多帮帮她，说白了，就是每个月向胖子汇报她的情况，胖子说他也是受人之托。他问是谁？胖子说，一个男人。他想，一个男人关心一个女人，那么一定有故事。他生性好

奇,就答应了下来。

当他感知事情的严重性时,他选择逃离。他喝了她的茶,换言之,他会不会中了她的盅。她就像墙角的一盆火,靠近了就要燃烧。那个胖子,还有那个男人,跟她有什么关系呢?他不能再继续下去。

他去跟胖子道别,只说他有不得已的情况不能再干下去。胖子再三挽留说,难道出了什么意外?他说,没什么意外,也没帮上什么忙。她是一个好女人。

花盆里的葱

鬼使神差,嫁给王建军这个男人。

一说起王建军这个男人,小夕就憋不住气。她的闺蜜如我,当初就不看好。王建军像树荫下的青苔;而小夕呢,是阳光,总想洒遍全世界,两人差异太大。小夕却说她是那株热烈的安祖花,而王建军就是盛她的大花盆,互补。她不屑一顾地问我,懂吗?懂又如何,日子还不是你自己过的。我还她一个白眼。

王建军与小夕相恋一年。其间分分合合N次。第二年的冬至过后,他们结婚了。

小夕喜欢安祖花。家里养了两盆,一盆水培,一盆土培。那是王建军买的。水培的放在沙发旁的花架上,土培的放在阳台上。小夕收到两盆花时的幸福样还浮现在我眼前时,她就哭着来找我,说,王建军是个大笨蛋。

笨点没事,只要不坏到极点。作为一个过来人,我安慰小夕。

我们坐在十九楼的咖啡厅。初夏的风一吹,阳光翩翩起舞,打在小夕的脸上,有一种恍惚感。楼下,行人稀少。中午时分,大概都在睡午觉。

我怀孕了。小夕说,我不想要这个孩子。不值得。王建军这个男人早上起来到现在睁开眼还不到两小时呢,又睡了。我真怀疑,他上辈子估计不是人吧。从结婚到现在,从来不搞卫生。我是谁啊?我又不是他的保姆。难道让我来搞?就为这,跟他AA制。他倒好,轮上他,就请他老妈来搞卫生。我婆婆还可以,就来了。后来,弄到我妈也知道,我被我妈批了一顿,说我不像女人。我们现在难道还要像他们那样受男

人的摆布,还要低三下四做个勤劳的小媳妇吗?什么时代了。我可不想,像我妈那样过一辈子。还有吃饭问题,开始我婆婆来做几餐,我们在外面吃几餐。后来,有了地沟油,外面吃的少了,就去我妈家吃,婆婆家离得远。我妈还要上班,又要管我们吃,我看不过去,就跟他商量,在家自己做。起先他买菜,我下班回去做。结婚前从来不干这个的,一切从头学起。做一碗菜,有时候从天还亮着一直做到天暗下来,做出来还不一定好吃。他还经常挖苦我,说做得比猪食还难吃。我就跟他吵架。他就是一头蠢猪,不会哄女人开心。这些我忍了。现在,他菜也不买了。下班回到家就躲进书房,玩电脑。玩到我叫他出来吃饭。他吃了饭,碗筷一放,又去玩了。昨晚我跟他吵架了,摔了碗。这样的日子真的没法过下去了。

听了小夕的话,看着她泪眼婆娑的可怜样,我说,女人不都是这样过来的。生活真像一把无情的刀啊,以前这么一个活泼开朗的女孩子,看看现在,都成了一个喋喋不休的怨妇了。别怪王建军他默默无闻,你不是喜欢他这点吗?作为男人,还不错了。以前你不是说过,油腔滑调的男人不好,要找就找王建军那样的,诚实可靠。轻轻地呷了一口咖啡,有点苦。我接着说,不知道什么时候开始,开始迷恋这种苦了。想起来,你们家的安祖花开了吗?

小夕摇摇头,饭都吃不上了,还管它?

伤得还挺严重的,让我这个外科医生去瞧瞧吧,看看王建军的内伤在哪儿?走,今晚去你家吃饭。我拉着小夕,小夕拗不过我的坚持,只能跟着走。

我们买了一条鲫鱼,打算红烧;几只鸡蛋,一个西红柿;三

两河虾,笋干自备,做汤。

王建军已起床。坐在沙发上看一本书——《最有本事的皇帝》。我说,王建军,你志向还蛮大的。王建军笑笑,没事情,随便看看。

我们进了厨房。小夕忙开了。杀了鲫鱼,用调料先腌制十分钟。然后切西红柿,打鸡蛋。小夕说,王建军说了,鸡蛋里放一点点水,蛋会嫩点,王建军说了,西红柿切碎点,熟熟快点。现在的西红柿质量不好,太硬。我在心里暗暗地笑。

我说,小夕,你知道为什么你的西红柿炒蛋不好吃。因为火候太猛,盐太迟放,还有,先炒蛋,再放西红柿。小夕向我做了一个鬼脸。

红烧鲫鱼快出锅时,小夕大叫起来,糟了,糟了,葱忘买了。王建军你快去买点葱来。王建军一眨眼变出三根葱。小夕奇怪,王建军,这葱哪儿来的?王建军指指外面阳台,那儿。小夕探头看了看,阳台上,那个种过安祖花的大盆里,绿油油的,好大一盆葱。

阳光转了一个弯

　　冬日午后的阳光，少了秋虫的鸣唱，孤寂地落在青石板上。青石板上坐着一个孤寂的我。母亲在阳台上唤着我的名字，得不到回应。阳台上不锈钢门"砰"地关上了。我只好回家，母亲又要说什么了。

　　阳光把我的影子拉进家门。母亲嗔怪道，聋了还是哑了，叫你怎么不回话？整日坐在那里，到底在想什么？母亲的话有阳光的味道，我不想再让她伤心，也没想再顶嘴，就对她说，妈，我去外面走走。

　　屋子的另一面，没有窗，没有阳光，没有母亲的唠叨。只有青石板，一块压着一块，一块又被另一块压着。我坐在青石板上，没有什么地方可去，青石板是我唯一的归宿。

　　青石板的另一端坐着另一个人。他在那儿等我吗？他说他认识我，我记不起在哪儿见过他。他说，你好，我叫杨善。

　　杨善坐到我的身旁，侧着头问我，他还没有回来吗？我的心紧紧地抽了一下，深深地吸一口气，又轻轻地吐了出来。杨善来者不善。

　　曾经，有一只笼子。里面有我，也有他。笼子的口子很多，空间太小。他背对着我，我也背对着他。心情好的时候，他会说，我想抱抱你。我说，那你就上来吧。感到寂寞时，我也会说，我想亲亲你。他说，那你就上来吧。结果总是，他鲜血淋淋，我也鲜血淋淋。舔平伤口之后，他又背对着我，我又背对着他。

　　忍无可忍。他逃出笼子，去一个遥远的地方，他说，总比待在这里强。

　　我还是留在笼子里，没有了他的刺，我不会再受伤。笼子里什么东西都有,什么也不缺,我却不能快乐起来。

一段时间后,他从远方打来电话,或许,不再让你受伤。他说"或许"的时候,声音很轻,怕我听见,又怕我听不见。我是听见的。我情愿他不回来。他的刺太坚硬,伤我太深。我还是一天一天坐在青石板上,不敢见任何人。我知道母亲比我更痛苦,她不想看到我变成另一个她。她没有办法帮我,我更没有办法帮她。

鞋带松了。我的鞋带经常松掉,不管用多大的力把它系紧,没过多长时间,它就松开了。每次系紧,我都想,它再也不会松开了。

我一边把鞋带紧紧地拉成一个蝴蝶结,一边问杨善,两只刺猬能和平共处吗?

杨善是他的朋友。

杨善说,很多人以为,两只刺猬是不能近距离生活的。其实是他们不知道,当两只刺猬相互站立,敞开胸怀,把心对着对方,彼此拥抱时,是不会受到任何一点伤害的。而且,外界无法闯入。他们是最亲密无间的一对。

青石板没有一点温度,坐久了,腿麻了。

杨善接着说,婚姻是上天早已安排好的,在你一生中的某一天里,有一个人在某个地方等着你。所以说,真正属于一个人的婚姻只有一次,错过了就再也找不回来了。你试试在你的第一个蝴蝶结上再打一个蝴蝶结,你的鞋就不会松掉了。

我当然明白,杨善就是一个说客。道理谁不懂。我把腿伸直,舒服了些。

杨善说,他在外面并不好。我刚去看过他。那儿太穷了,

木板房,吃不好,睡不好。我就不明白,在这儿可以好好过日子为什么非要去那种鬼地方受苦。他告诉我,有一天晚上,几个朋友一起出去喝酒,后来,有个朋友给他安排了一个女人。他不能拒绝,不能拂了朋友的好意。他给女人200元钱,让她一个人留在房间里。他逃出来,在大街上。那儿的天气,白天很热,晚上很冷。后来,你知道他在哪儿过了一夜,就那个酒店的保安室里。我问他为什么不要? 他说那个女人傻乎乎的。后来,又补充了一句,人是要自己做的。

告诉我这些干嘛? 我不明白这究竟是怎么一回事? 找不到自己的感觉,是应该担心,或是伤心,还是应该感到庆幸?

阳光改变了方向,拐了一个弯,来到我们身旁。刚才我放弃了它,现在它又拥有了我。

母亲在屋子的另一面找到我。我问母亲,饭可以吃了吗? 母亲说,早好了。

肋骨

听母亲说,外公是看上父亲高大魁梧的身材才放心把自己最疼爱的女儿嫁出去的。那年月是凭力气吃饭的,母亲也就顺其自然地成了父亲的内人。从我记事起,父亲很少有头痛脑热的时候,在记忆深处,父亲就是铁打的铜人,经得起跌打损伤。只有一次,我印象极深。那是我上初中时的某天早晨,我在楼下吃早饭,父亲下楼时传来几声沉闷的咳嗽声,我猜想,父亲一定是捂紧了嘴巴,憋着气咳出的声音。他不希望母亲和我为他担心。我才明白,原来父亲也会生病,只是默默地自己承受,不让我们知道。那时,父亲不吃药,更别说上医院看病,父亲说,他最怕到医院去,他怕闻消毒药水的那股阴阴的味。他说感冒不是病,泡碗生姜汤,趁热喝,再用棉被捂出汗,睡一觉就没事了。

长大了才明白,父亲是心疼钱啊。爷爷去世那年,十八岁的父亲就成了家里的主要劳动力,生活捉襟见肘。父亲年轻时在采石场工作,整天跟石头打交道,被石头压伤、轧伤的事就会经常发生。好多次,父亲扭伤脚踝,回到家,又是老方一贴,用热水烫烫。父亲说热水活血化淤,包治百病呢。可是,父亲烫脚时咬牙切齿的表情,至今,我还仍然历历在目,那种痛苦可想而知。

热水治病,这个处方对父亲还挺管用。渐渐地,"父亲是不生病的"这个意念又深深地印在我的脑海里,直到如今。

岁月不饶人。如今,父亲老了。老了的父亲还是闲不住,忙里忙外。身体却大不如从前,经常腰酸背疼。更想不到,快要退休的父亲出了车祸。

在医院里,第一眼看见父亲,我就有一种想哭的冲动。父

梅花弄3号

亲怕我伤心,微微笑了笑,安慰我说,回家热水烫烫会好的。父亲病得不轻,只能住院。

父亲坐上病床,脱下绿色的解放球鞋,一股浓浓的臭味扑鼻而来,父亲的脸一下子红了。那蓝色的袜子已经变黑,脚底有了一个大大的洞,丝线一缕一缕的,已没了袜子的形状。我的脸也红了,眼中好像揉进了沙子,有种晶莹的东西在眼眶中打转。那双不成样子的袜子被我随手扔进了垃圾桶。父亲欲言又止。安排好父亲,我连忙去买了两双棉袜。

胸片拍出来,父亲的肋骨断了三根。医生说有两根看上去好像断了,又好像不是刚断的,估计应该是很久以前就断的,现在已经愈合了,只是愈合得不太理想。可是,在我们的印象中,父亲从来没有断过肋骨。我们不可思议地摇摇头。医生也摇着头,百思不得其解。

父亲听了,憨厚地笑了笑。不善言辞的父亲,轻描淡写地说好像是有一回,胸腔很痛。不过,休息了三天,就过去了。后来好像还痛了一段时间。

我的泪止不住地往下流。我的父亲,肋骨断了都会自己治啊!

问世间,情为何物?直教人生死相许。这一般是对爱情而言的。可是,在这里,父亲的肋骨,真真切切地体现了这一点。做儿女的,还有什么比这更值得珍惜吗?

夏了夏天

　　刚进入夏天,李小梅发现她的婚姻出了问题。

　　这个星期六傍晚的雨,下得默默无闻。李小梅冒着细雨骑着公车驶入地下通道,拐过两道急弯,又冲上地面。雨渐渐密集,她懒得打伞,淋着雨,骑过天桥,尽快还了车,小跑着赶去赴约。

　　路人行色匆匆。一个男孩追着一个女孩,女孩不让男孩打伞。又一对男孩女孩,两人躲在一件外套里,从李小梅的身边擦肩而过。这两个不同的情景让李小梅莞尔一笑,原来下雨时的幸福跟伞没多大关系。可是,宋刚呢?宋刚是李小梅的丈夫。李小梅想他一定会说,那把伞是"天堂"的,两百多呢。这样的状态,李小梅发现已经很久了。

　　就像今天。在外面吃饭是女儿提出来的。宋刚未置可否。李小梅先在网上下了单,打算先吃饭,再看电影。让父女俩先去找座位,她随后就到。

　　当湿漉漉的李小梅站在父女俩跟前时,宋刚埋怨道:"来这种地方吃饭,以后别再叫我了,还排队等饭吃。"李小梅没有理会宋刚的话,来到女儿身边,问玩着手机的女儿:"这地方还满意吗?"女儿点点头,头也没抬起来看一眼李小梅。

　　天色渐暗,雨越下越大。

　　等待也许漫长。服务员叫着他们的吃饭号子已在半小时之后。三个人急匆匆地上楼。李小梅说:"这个餐厅是七八十年代的装修风格,女儿也来体验一下爸妈那个时代的风采

吧。"宋刚嗤之以鼻,说:"我们那时候是这样子的吗？一点儿都不像。""就是这样子啊,你看那搪瓷杯,多有年代感啊,看,那个果丹皮,那棉花糖,还有,大大泡泡糖。"李小梅辩解道。女儿见李小梅如此激动,问:"妈,你们那时候是不是有个动画片叫《圣斗士星矢》?"李小梅像得了宝似地说:"对啊,对啊,还有《变形金刚》《花仙子》《聪明的一休》。宋刚,你说,你说是不是呢?"宋刚与女儿一块儿坐下,跟女儿说:"瞧你妈,年纪也不小了,还像个小孩子,也不注意点自己的形象。"李小梅听了回嘴道:"我哪儿形象不好了?""懒得理你。"宋刚低头,玩起了手机。

菜是女儿点的,陆续上桌,都是年轻人爱吃的菜,像韩国炸鸡,可口可乐鸡翅,披萨,还有奶茶,式样五花八门。宋刚见了直皱眉。李小梅又点了一个菌菇汤,一碗蛋羹,看看"美团"的钱还有很多,刚好再点两个凤爪。

凤爪上来时,宋刚已吃好,卧在沙发里玩手机,懒洋洋地说:"吃吧,你们一人一只。"李小梅不同意,执意要让父女俩吃。宋刚说:"已经饱了。"李小梅说:"凤爪吃了又不饱。"女儿见两人推来推去,拿起一只放在爸的碗里,又拿起一只放在妈的碗里。女儿说:"别争了,我决定,今天这两个你们一人一只。因为这是七十年代的餐厅,我今天来,只是来凑热闹,打酱油的。"女儿的话让李小梅和宋刚第一次看了对方一眼,破天荒地笑了笑。

女儿说:"老妈,你知道吗,今天晚上很少有同学到外面来吃饭的？"李小梅不假思索地说："知道，都在赶作业。""老妈，你说的太对了，连动词都用得如此准确。"女儿的话引起了宋刚的哈哈大笑。李小梅催促着女儿快吃，电影就要开场了。

女儿啃着鸡翅说："我们王老师说了，钱不要攒着。爷爷奶奶一直蓄着钱，爸爸妈妈也一直蓄着钱，到我这儿还要蓄着钱。一代又一代，都不知道在干嘛？爸，你说呢？"

宋刚听了，看了看李小梅。李小梅说："钱不攒着，你要上学，以后要结婚咋办？"

女儿抹了一下嘴："那是我的事。"

宋刚拉起女儿的手。"走吧，看电影去。"

电影不错。三人看完走出大门时，外面大雨倾盆。三个人，只有两把伞。宋刚和女儿打一把伞，李小梅在后面相随。到了公共自行车站点，宋刚说："你们先骑回家吧，都要淋湿了。"李小梅说："我把伞给你吧。"宋刚说："不用，你们先走吧。我跑步。"半路上，李小梅抱怨宋刚："早知会下雨，让你开车来。你又不开，现在淋雨的滋味不错吧。"宋刚说："这样淋淋雨，不是更有情调，更浪漫。"李小梅无可奈何，看着在雨中奔跑的丈夫，她突然觉得心里被什么东西撞了一下，微微地疼。

离家还有一段路，还了车。女儿给宋刚撑着伞。宋刚管自己跑，女儿干脆收了伞，跟着宋刚跑。父女俩在雨中你追我赶。李小梅看着父女俩的影子一会儿消失在她的视线中，心头一热，她也收了伞，让雨淋个够吧。

第二天早上，李小梅醒来时，知了开始叫了，真正的夏天来了。她想起昨天电影里的一句台词：无论你身处何方，我们生命中最重要的东西就是这屋檐下的人。

看病记

那一天，孩子病了。顽皮的孩子，突然吵着要妈妈抱，妈妈就知道孩子真的病了。孩子睡在我的怀里，面色燥红，闭着眼睛说，从前有个局长，他姓贾，大家都叫他贾局长。这是晚上讲故事的开头部分。每晚，我只要讲完这句，孩子就说，妈妈，不是假局长，是真局长，真局长是不会说谎话的。孩子是天真的。现在，高烧四十度。吃了退烧药，没有汗。

孩子颤抖了，孩子呕吐了。我急疯了。脸蛋贴着脸蛋，手捏着手，自以为可以驱赶滚烫的热度。脱衣服擦背，可以散热。可是，烧还是退不下去。晚上十点钟。没有办法可想的丈夫驱车送我们到省儿保。来去匆匆的父母孩子，焦急万分地等待，等待。住院部已人满为患，连加床也没有了。怎么办？孩子一会儿昏昏欲睡，一会儿难过地抓紧我的脖子吵着。医生建议先在观察室住一晚，明天再说。

观察室里有一张不到两平方米的钢丝小床。听着孩子痛苦地呻吟，我束手无策。打了退烧针，挂上盐水。我坐在小床上，孩子趴在我的身上，半梦半醒。睡一会儿，孩子睁开眼睛问我，妈妈，天亮了吗？我摇摇头。妈妈，天为什么还没亮呢？妈妈无语。是啊，天为什么还没有亮呢？子夜时分，整幢医院大楼沉沉入睡，偶尔有孩子的啼哭。孩子又问我，妈妈，天怎么还没有亮呢？问完，又剧烈地咳嗽。我轻轻地拍拍孩子的背，撒了个谎，天快亮了吧。你乖乖地睡一觉，天一亮，妈妈就叫你。

凌晨三点半，孩子终于出汗了，头发好像刚洗过一样。一颗悬着的心落了地，这才发觉全身酸痛，有气无力。天蒙蒙亮时，在那张不到两个平方米的小床上，我抱着孩子，坐着睡着了。

丈夫因为第二天要上班，半夜回家去了。天亮时，医院里已人头攒动。排队，领号子，挂号的人络绎不绝。我叫醒孩子，整理好随身携带的衣物，准备看病。这时候，我是这副打扮：左手臂上挂着一只大塑料袋，里面装的是两个小蛋糕，两包小馒头和一些小玩具；右手拿着病历卡；肩上挎着一只包；双手抱紧吵吵嚷嚷的孩子。医生望闻问切之后，开了处方，让我到一楼付款。抱着孩子，到了一楼，我已气喘吁吁，把孩子放在地上，舒了口气。掏出钱包，一看，这下糟了，带的钱不够。再回到门诊室，恳请医生先开一天的药。

收款员打出单子：329元。我搜遍了所有的衣袋、裤袋，包里的角角落落，东拼西凑，最后，还差五毛钱。收款员等得不耐烦，有点埋怨，出来看病怎么不多带点？我解释，走得急，忘记多带了。排队的众人看看无奈的我，默默无闻。收款员无可奈何地摇摇头说，算了。这时候，上来一位先生，二话没说，掏出一个硬币放在桌上。我连声道谢。

又是排队。配好药。孩子早饭吃得少，吵着要买豆腐干吃。摸摸袋里仅剩的五毛钱，我低声下气地询问买豆腐干的中年女人，能不能买一块豆腐干？那个中年女人白了我一眼，没说话。我知道，豆腐干一串两块，一元钱。她或许以为我在开玩笑。我又厚着脸皮解释了一句，钱花完了，只有五毛钱。女人又白了我一眼说，不卖。说完，顾自招呼别的买主。我只好说服孩子。

生病求医，难。排队一小时，看病几分钟。连挂一瓶盐水也要等上两个小时。千篇一律的感冒咳嗽，心急如焚的父母非挂一个贝康专家门诊不可，看来看去还是一样，挂水，雾化，吃药。输液室挂盐水的孩子多如牛毛。加上大人,一般一个小孩子两个大人,更是把输液室围得水泄不通。又是排队,焦急地等待。在这个空档,我从包里取出手机给丈夫发了个短信,告诉他早点来,顺便带些钱来。丈夫回话说,中午还要加班,恐怕来不了。没有熟人,没地方借钱。正在我束手无策之际,一个人上来跟我打招呼,咦,你孩子也病了?我一看,不认识的。我是你一个单位的,叫李大明。我半信半疑,但转念一想,心里一阵高兴,好像抓到了一根救命稻草。我不认识他,只要他认识我。那借钱就没有问题。他又问我,你们待会儿怎么回去?我明白了他的意图,就说,丈夫来接的,有车。这一说,还真管用。李大明更加热情地跟我套近乎。我也顺水推舟,答应他们乘我们的车一起回去。

输液室空气太差,又吵。孩子挂上盐水,我找了个僻静之所。孩子吃着小蛋糕,小馒头。我没吃,舍不得。李大明找到我们说,输液室里还有个空位子,让我们过去。我盛情难却,他帮我拿着盐水瓶,我只好跟他走。李大明说他的孩子在另外一间输液室,他一会儿看看我们,一会儿又到另一间看看他的孩子。我想问他借钱,又一想,还是等会儿,挂好了盐水再说。塑料袋放在座位上,包还是背着比较放心。孩子有了小伙伴,活跃了。我蹲在地上,抓着他挂盐水的小手。站起来时,想着应该发个短信跟丈夫说一声,免得让他担心。手机放在包里,伸手去拉拉链。拉链打开着,一摸,我的手机呢?

我借了李大明的手机,却不知道号码。只记得每个手机号码的末四位数,以前打的电话全是虚拟网内的。丢了手机,也丢了号码。妈妈办公室的电话号码依稀记得。试着拨过去，通了，是妈妈的声音。妈妈，我的手机被人偷了。妈妈没关心手机，连忙问，钱包在不在？我说，钱包没偷，因为包里一点钱也没有了。

李大明去看了一下自己的孩子，很快出来说孩子已挂好盐水，他老婆想先回去。我挽留未果，借钱又难以启齿，只好看着那根救命稻草淹没在人海当中。

那天到家已是晚上九点多，孩子早已进入梦乡。我胡乱吃了点东西，倒头便睡着了。

一路上有你

　　"大鸟"驮着我飞向南方去看夫，我跟他有一个约定。云上看云，云很厚实，像密集的棉花，望过去柔得像水，流动着沉得像沙。这样的时候，没有天。云是云，阳光是阳光，一切澄澈得如同出生婴儿的双眸。离家越来越远时，我有些伤悲。转念一想，他不是离我越来越近了吗？

　　三个小时后，抬头看到天时，我又回到了地面。天变小了，似乎吹一口气它也会飘摇一下。纯色的蓝，纯白的云，阳光像北方大大咧咧的女人，扑面而来。包裹严实的我开始膨胀，卸下沉重的身外之物，我是否已经开始重生？我不停地问，夫会在哪儿等我，他会在哪儿等我呢？朋友告诉我，晚上将在大巴上度过，这真是一个漫漫长夜呀。卧铺车上二十几个人，都是些年轻的归家的人，有单独的，有手拉手成双成对的，还有一位挺着大肚子看上去快分娩了的孕妇。他们面带微笑，笑容可掬。这一年收获一定不错，他们心满意足地点头问好。回家的感觉真好。我又开始想家了。我为什么要离开家呢？是因为夫在南方，家里没有他，还像个家吗？

　　晚上七点一刻，太阳还挂在山头。这里的夜来得很迟。汽车一路奔波，途径碧鸡、温泉、安丰营、楚雄……我是个记性不好的人，却偏偏记住了这些地名。满脑子找如何记住那些难懂地名的方法，以至于不会让我太想他。寒气跟夜色并驾齐驱，双双向我袭来。夜半了，整个人昏昏欲睡。累了，真的累了。爬上铺子，仰面躺着，棉被紧紧地裹住身体。窗外模糊的黑影掠过去，掠过去。不知过了多久。在梦中，我见到了夫，他笑着向我走来。我飞快地跑过去，他笑着说，再过一个

小时就到了。突然醒来，看了看表，四点三十分，还早。胃液不合时宜，开始兴风作浪。我挣扎着爬起来，穿好放在袋子里的鞋，下了床，找了条塑料小凳，陪司机欣赏夜色。肚子勉强舒服了些。

汽车已出了高速，驶上盘山公路。前方，一片黑暗。大灯所涉亮点，雾气接踵而来。山道上，偶然几间小小的木板房。木板房造型简朴，两层式，下层一块块木板直着围成一间，没有窗。上层几根柱子支撑着，空荡荡，四面透风。一位老人在路上行走，前不着村，后不着店，他将去向何方？两只鹅在路中央闲庭信步，看见车子没有惊惶失措，摆动着大屁股不慌不忙地让了路。汽车过了一个弯口，又是一个弯口。绕过一个弯口时，前方一片光明，近了才发现，一座小木屋的檐上挂着一盏灯。虽然发着昏黄的光，足以让我兴奋异常。它一定是一位有心人挂着的，他在等待心爱的人归来吧！

第二天上午八点，一切还在沉睡之中。我终于见到夫。一张高原人特有的红通通的脸，点缀着些许小黑斑。嘴唇干裂，夫露出洁白的牙齿朝着我笑。他被那儿的环境同化了。他叫着我的名，这是我熟悉的乡音。

那儿没有笔直的道路。只有上坡，或者下坡。而且很陡。夫拉着我，给我讲他在那儿的经历。我们走完下坡，走上坡。一个县城，走了两个小时。走走停停，停停看看。夫请我喝酥油茶，淡淡的，有些油漆的味道，他看着我，问，好喝吗？我点着头说，你喜欢喝，我省下给你喝吧。夫说，喜欢喝再来一碗。我又摇头又摇手，连声说够了，够了。

那儿的女人背着小背篓，那儿的男人牵着马儿。夫说，东边的男人牵的不是马，是骡子。我从来没有见过骡子。后来，路上又看见了牛，我得意地指着牛，跟夫说，这儿的骡子可真多。

澜沧江的水，没有汹涌澎湃，温柔得像江南少女细腻的纤手，把江里粗粝的石头抚摸得没有了脾气，一块块光滑如玉。夫说那是鹅卵石。彩云之南的山，那儿的石是彩色的，路上泥也是彩色的。时而会过来几头可爱的小黑猪，一字儿排开，夫停住车，让我瞧个够。我说，这儿的猪是全世界最幸福的猪了。天天可以出门，想往哪儿就往哪儿。如果有下辈子，我就到这儿投胎，做一头可爱的小黑猪。夫笑我傻，又说，好，我天天赶着你，陪你到山上去找食物。

几个月前夫工作过的地方长着一棵栗子树。他说，板栗成熟时，收了好些，晒在小木屋上，打算回家时，捎给我们尝尝。结果，被风刮走，全掉进江里了。夫望着树，摘下一颗幸免于难的板栗，他剥了外面带刺的外壳，中间坚实的里壳，最里面一层毛茸茸的膜，递给我，说，尝尝，很甜的……

日子过得好快。四天后，夫买好车票，送我上大巴车，把我的床铺整理干净，嘱咐我路上小心。最后，他说，记得昨天是什么日子吗？我摇着头说不清楚。他说，好好想想。想不出，回家再告诉你。他下车了。我知道他马上要去办公事，离开车还有点时间，我不想再耽误他的工作了，跟他说再见，也让他一切小心。

一个人坐在车上，车上车下人来人往，送别的人很多。车出发时，我的眼睛模糊了，鼻子也酸酸的。我真想逃下车，去找他。其实我是真的有些害怕。可是，不能那样，我还是坚

持,平安回到了家。因为路上有他的短消息伴随着我,我不会觉得孤单和害怕。

到了家,翻开日历。夫所问的日子是我们结婚七周年的纪念日。

意象为魂，细节为肉

董铁柱（美国）

我不敢说自己读懂了沈烈文的小小说。

我一直以为小说越短越难写，小说也越短越难读。长篇小说，尤其中国的传统长篇，就像是电视连续剧，一般来说还是以情节取胜，作家写起来，重要的是故事的框架，至于细节，就算是巨著《战争与和平》，也难免有拖沓不足之处。读者只要有耐心读完故事，知道个结局，要想看不懂倒也很难。其中到底有什么深刻的含义，反正仁者见仁，到了几百年后还可以让人戏品。至于短篇小说，则有些像电影，短短的篇幅里，作家要把细节全都雕琢得精致了，却又要不留痕迹，这自然就不易了。而对于读者来说，那些缺乏足够铺垫的意象究竟应该如何领会，有些就像猜谜语一般了。到了小小说，留给作家挥洒笔墨的空间更加狭小了。如果作家在有限的空间里又不是满足于讲一个简单的小故事，那么对读者来说，要读懂，就不能靠猜谜的本事，而是要靠对作家文字的感悟和对作家心境的体验了。

我不敢说读懂了沈烈文的小小说，因为她文中的意象和细节，我不敢说能完全感悟。这种不确定，让我有反复阅读的欲望。

她的这些小小说中，有很多反复出现的意象，试图向读者传达某些信息。我在阅读的第一瞬间捕捉到了，但是我不敢说我破译了意象背后的含义。这时候我很希望自己是麦家笔下的破译专家黄依依。沈烈文喜欢用花草传意。在《陶小明的桃林》里，沈烈文用了"桃花"；在《叫一声赵小舟》里，则是"兰花"；在《女朋友》里，索性用的是"草"。

桃花林曾经是"我"和陶小明儿时玩耍过的地方,而等到"我"成为城建局长,陶小明成为富翁的时候,桃花林不见了。陶小明要再次和"我""一起玩"。他找到当年的看林人,问老人的是:"您还会嫁接桃树苗吗?"桃花对现在的陶小明来说,究竟是一种美好回忆还是赚钱的新工具?

赵小舟大年三十千里迢迢回到久别的家中,居然带给妻子的是两盆兰花。他叫妻子像照顾女儿一样照顾兰花。妻子因为他"把女儿比成一株草"还和他生了气。重新离家后的赵小舟给家里打电话,只知关心兰花,却不关心妻女的生活,甚至忘记了妻子的生日。而妻子在生气的时候,突然发现兰花开了,像一张笑脸。破解这篇小小说含义的钥匙,我想就在兰花身上。可是沈烈文笔下的兰花花语究竟是传统的淡泊、高雅,还是有她自己的寄托?

在《女朋友》中,"我"带着自己有些喜欢的女同事一起拔草,在她最后仓皇逃离之后,"我"把她比喻成我心里的一棵草——以前在"我"身上疯长,现在不长了。心里长草,这已经是网络时代流行的意象,但是沈烈文在这里用的就是普通意象吗?一个男人,就因为潜在的女朋友不会劳动,就把心里的草成功除掉了?

动物也是沈烈文小小说中常见的意象。比如说《画眉》里的"画眉"和《女朋友》里的"鱼"。她把女职员们比作笼子里的画眉和不会游泳的鱼。这两个意象,似乎稍微容易理解一些。意象往往是小说的灵魂所在。沈烈文对于意象在情节构造中的重视,是其小小说耐人寻味的原因之一。但是意象的运用,贵在不落俗套而又不出人意料,难在让人领会而不显突兀。《画眉》结尾处,先是蔡子房说大家像被他捉住关在笼子里那只鸟,再是老董对女主角画眉说她和笼子里的那只鸟一样都叫"画眉",这样反复点明意象,似乎有招数用老的嫌疑。相比之下,《寻找朱吾彦》中磨剪刀的意象,就处理得比较巧妙。虽然整个小小说从头到尾都是为了磨剪刀,而且也提到了修剪刀和修"人脑"的类比,但是并没有反复点破。

和意象一样给我留下深刻印象的,是沈烈文对于细节的描述。如果说意象是灵魂,细节则是血肉。沈烈文对于细节的刻画是不遗余力的。我一直认为天下的故事大同小异,最大的不同则在于细节。缅怀友谊的小说很多。但沈烈文在《找我有事吗》,用大量的细节让读者感到真切的无奈。午饭时间,主人公在为孩子煮药,她却偏偏要在电话里聊天。"你把手机按在肩膀上,边热饭菜边回忆小时候的事,时而轻声应和着。直到锅里的水开了,锅盖上聚满了小珠,一个连着一个,成了一条线,滑入锅内。你把手机换了一个姿势,问,"今天打电话给我,有事吗?"这样的细节不动声色地突出了目前生活和少时友情之间并不强烈但却让人无奈的冲突,也勾起了读者的好奇心。

同样,在《交情》中,沈烈文对于细节的精雕细琢也让我赞叹她的细腻。让我们来看看下面这一段话:"余一凡……心不在焉地在茶几上挑了几袋零食,拿过小剪刀,每包开个口子,浅尝辄止。"这段话中我觉得最出彩的就是一个"小"字。在这段话之前,沈烈文还没有告诉读者余一凡和施楚涵是两个孩子,但是她竭力地在暗示他们是孩子这个事实。"小"剪刀则正是这种细微暗示的巧妙之处。"小"和"大"的对比,小孩子和大人之间交情的对比,是《交情》的中心所在。读者越是注意到这些细节,则越容易感到这种对比的强烈。

当然,如何适度地让细节细而不琐是所有作家都面对的难题。对于某些细节的刻画,沈烈文还是难免有些力不从心。《找我有事吗》的结尾,如果能停留在"小时候,她的绰号叫小麻雀。她是个直爽的人。今天一点儿不像她的性格。你感到她一定有事,再也不能敷衍。于是,你放下碗筷,再次问她,你真的,真的没事吗?"我觉得非常的含蓄而饱满。但是沈烈文又给了我们一个细节作为结束——"电话那头久久才说了一句话,我们不要忘记自己,好吗?"这一句话,把之前所有可以让读者慢慢体会的细节全部曝光在太阳底下,让我颇觉得有些惋惜。相信自己的细节能够说话,我想这是一个作家对自己的一种信任,也是对读者的信任。以沈烈文的功力,她应该对自己有更大的信任。

后 记

尽管在这样的夜里,凌晨零点。夜还是醒着的。窗外雨声清晰,掀开帘子发现,墨绿的天际下,地是白的,没有湿。人们都睡了。躺回床上,再次倾听熟悉的水滴声——那是空调的水滴声,竟难以入眠了,耳朵也会骗人。一种失落,一种孤独。这样的时候,随手拿过一本书,心就会慢慢地舒缓开来。翻几页熟悉的篇章,渐渐地,与书同眠,在书的温柔乡里沉沉地入梦了。

很不是滋味,那样的孤独只能偶尔为之。更多的时间,我们都扎在人堆里,握不准人生的方向盘,害怕一不留神,误入歧途,迷失了自我。那是最最不应该的。幸好,白天的你来我往,不如意的事会在晚上或早或迟的阅读中得到解脱。第二天又可以安然无恙地面对一切。

这样的孤独,我以为是一种享受。孤独在字典里的解释是单独。在这里,我喜欢这样的解释。一个人,独立一隅,清清静静地看点闲书,写点小文章,是一种享受。表象是一个人,实际上,在一个特定的空间里,读者与书中的人物会形成一个群体,彼此进行着心与心的交流,甚至达到物我两忘的境界。我可以接受平庸,但我讨厌伪善。快节奏的生活,有形无形的压力,拥有一个自由畅想的天空,何其宝贵。我有这样的空间,我把别人吃喝玩乐的时间变成心灵自由飞翔的天空,在里面自得其乐。

写作对我来说是一种排忧解难。

写作是私人化的事。现实的社会,几多无奈。然而,我听见村上说,人生本质是孤独的。所以需要与人交往。寻求理解的努力是徒劳的,与其勉强通过与人交往来消灭孤独,化解

梅花弄3号

无奈,莫如退回来把玩孤独,把玩无奈。如此,我们或许会找到心灵所需要的那种快乐的生活。我想,快乐的生活一定是幸福的,与钱没有多大的关系,那是由一个人的心态所决定的。最近,看到报上有记者问亚洲首富李嘉诚先生如何理解快乐的定义?李嘉诚很坦率地说,我很快乐,虽然我忙得连跟孙子玩的时间也不多,但我在夜间休息前还会争取时间看书,我也有闲情逸致,有自己的内心世界,自己的天地,这是我的运气。这样的运气我们不是都有吗?总有这样的感觉,写作能让我与快乐的生活靠得近些,更近些。

2004年,我换了一个工作,一个偶然的机会,闯入小小说网站,结识了一群志同道合的朋友。在朋友们的鼓励下,我居然也学着写一点小文章。对于文字,对于从事文字的工作者,我是怀有崇敬之情的,在我的心目中是神圣的。可能有人会笑话我,但我就是这样想的。不管世事变幻无常,让人哭笑不得的事经常发生,心里还是坚守着这一方净土,无怨无悔。写文章就是不开口也能说话的事情,我何其幸运,在这条文学之路上遇到了好多良师益友,在这个物欲横流的社会里,能保留这份纯真和美好,心中感激万分。

这本小小说集是我十多年以来的总结,也是对自己的一个交待。书中有很多缺点和不足,恳请各位老师和朋友提出宝贵的意见和建议,不胜感激。

图书在版编目（CIP）数据

梅花弄3号/沈烈文著.--北京:中国广播影视出版社，2018.10（2024.4重印）
ISBN 978-7-5043-8207-8

Ⅰ.①梅… Ⅱ.①沈… Ⅲ.①小小说 - 小说集 - 中国 - 当代 Ⅳ.①I247.82

中国版本图书馆CIP数据核字(2018)第245864号

梅花弄3号

沈烈文 著

责任编辑	王 佳	
封面设计	东风焱	
出版发行	中国广播影视出版社	
电 话	010-86093580 010-86093583	
社 址	北京市西城区真武庙二条9号	
邮 编	100045	
网 址	www.crtp.com.cn	
电子信箱	crtp8@sina.com	
经 销	全国各地新华书店	
印 刷	永清县晔盛亚胶印有限公司	
开 本	889毫米×1194毫米 1/32	
字 数	140(千)字	
印 张	6.5	
版 次	2018年10月第1版 2024年4月第2次印刷	
书 号	ISBN 978-7-5043-8207-8	
定 价	28.00元	